COLLECTION
FOLIO BILINGUE

William Shakespeare

Famous Scenes

Scènes célèbres

Textes choisis et présentés
par Claude Mourthé

Gallimard

De son vivant, Shakespeare ne s'est guère préoccupé de la publication de ses œuvres théâtrales, dont les différentes versions, souvent empruntées au manuscrit d'un acteur ou à celui du souffleur, curieusement dénommé prompter, circulaient librement sous la forme d'in-quarto. C'est seulement en 1623, après la mort de leur auteur, que deux de ses anciens compagnons, Heminges et Condell, ont réuni en un Folio qui fait date et autorité ses œuvres complètes, en y ajoutant, sous forme de poème, un avant-propos dithyrambique de Ben Jonson, le plus grand ami de Shakespeare, qui n'avait eu qu'un tort, celui de lui survivre, surtout, paraît-il, après une dernière et mémorable beuverie à Stratford, où il était allé lui rendre visite dans sa retraite, visite dont ni l'un ni l'autre ne savait que ce serait la dernière.

C'est dans cette petite ville du Warwickshire, à une centaine de miles de Londres, que tout avait commencé. Écolier studieux mais s'adonnant aussi au braconnage, ce qui lui a valu quelques ennuis avec la justice locale, ayant appris, comme le dit le même Ben Jonson, « un peu de latin et moins de grec », le jeune William est attiré par le bref passage de quelques-unes de ces troupes théâtrales qui sillonnaient la campagne anglaise, chacune sous la protection *d'un grand seigneur, alors qu'elles étaient très mal vues à Londres, où les acteurs étaient considérés comme des vagabonds et des hors-la-loi passibles de prison.*

Rien n'est sûr concernant la biographie de Shakespeare, hormis quelques actes notariés ou paroissiaux. On croit qu'après une courte carrière de précepteur il a fait ses premiers pas de comédien en jouant quelques utilités, mais très tôt il a été amené à endosser un autre rôle, celui d'époux, en régularisant son union avec une jeune femme des environs de Stratford, Anne Hathaway, qu'il avait mise enceinte. Or le démon du théâtre le tenaillait sans doute puisque, délaissant sa jeune épouse, il part très jeune pour la capitale où, selon la légende, à défaut de se trouver rapidement en haut de l'affiche, il se contente, simple palefrenier, de tenir par la bride les chevaux des spectateurs les plus huppés.

Il y en a peu, car le public, nombreux, est essentiellement populaire. Interdits de cité — seule la reine, c'est normal, aura droit à quelque privilège avec sa propre troupe, The Queen's Men —, *tous ceux qui faisaient profession de comédiens ainsi que les intermittents (costumiers, accessoiristes,* prompters, *et aussi les musiciens) s'étaient exilés vers les faubourgs, hors remparts. On les trouve d'abord à Shoreditch, au nord de Londres. Là, dans le voisinage des abattoirs, le père du célèbre acteur Richard Burbage, comédien lui-même, fait construire successivement deux théâtres,* The Curtain *et* The Theatre, *en 1576, puis dans Southwark, sur la rive droite de la Tamise, naissent en un rien de temps le Globe, la Rose et le Cygne.*

De ce dernier, un voyageur hollandais nommé Johannes de Witt a laissé une esquisse légendée en latin, où l'on voit parfaitement l'architecture de cette dramaturgie toute nouvelle : un plateau carré posé sur des poteaux qui le haussent au-dessus du niveau du sol. Les spectateurs sont debout — des understanders, *selon Peter Ackroyd, biographe de Shakespeare et auteur de* William et Cie —, *les nobles occupent une galerie circulaire. À l'arrière du proscenium, une bâtisse sommaire, recouverte d'un toit de tuiles ou de chaume, abrite les scènes d'intérieur et aussi les loges des acteurs, tout en haut une galerie où sont installés les musiciens et où flotte un étendard. On a appelé cette structure l'O de bois,* The Wooden O, *et c'est elle qui a inspiré non seulement scénographes et historiens pour reconstituer le modèle à l'identique, en particulier à Stratford avec le Memorial Theatre avant qu'il soit détruit par le feu en 1932, mais également des metteurs en scène tels Copeau ou Vilar, adeptes du tréteau nu.*

Auparavant, dans le Londres élisabéthain, les salles de théâtre n'existaient pas : on les invente, dans des cours d'auberges semblables à celle que décrit Chaucer dans un de ses Contes de Canterbury, *ou dans des arènes servant généralement aux combats d'ours ou de coqs. On invente également un système de production, des coopératives comprenant* sharers *et* housekeepers, *actionnaires et propriétaires, ces derniers possédant les murs et encaissant les loyers, les premiers se partageant dépenses et recettes. Car ce sont des affaires qui marchent bien, nonobstant le prix peu élevé des places, un penny, et grâce à la capacité de ces nouveaux lieux, le Globe pouvant contenir jusqu'à 3 000 personnes. Certes, les auteurs ne deviennent pas riches : on leur achète leurs pièces au forfait, très peu cher et naturellement sans royalties, mais grâce au système décrit précédemment, justement parce que ce sont des* sharers, *les acteurs le sont.*

Shakespeare lui-même, après avoir acheté à Stratford, en 1597, cinq ou six ans après ses débuts, une belle maison bourgeoise, New Place, *qui verra ses derniers jours, a acquis, vers la fin de sa carrière, une demeure à Londres, la conciergerie de Blackfriars, un ancien monastère où venait de s'ouvrir un nouveau théâtre dont il était également actionnaire.*

*Durant tout ce temps, la carrière du dramaturge se déroule, sans heurt, jalonnée de succès, depuis les œuvres historiques, la trilogie d'*Henry VI, Richard III, Henry IV, Henry V, Le Roi Jean, Richard II, *plus tard* Henry VIII, *jusqu'aux* dark plays, *ainsi nommées non seulement parce qu'elles ont un sujet essentiellement dramatique, comme* Hamlet, Macbeth *ou* Le Roi Lear, *mais aussi parce qu'elles n'étaient pas uniquement jouées l'après-midi, en plein jour, comme au Globe, mais aussi le soir dans des salles fermées et aux chandelles. Toutefois on n'aurait garde d'oublier les rayons de soleil qu'apportent, tout au long de cette œuvre plutôt sombre, des comédies pétillantes de gaieté et d'invention, souvent proches de la comédie-ballet car elles s'agrémentaient de chansons et de danses, tels* Le Songe d'une nuit d'été, Mesure pour Mesure, Comme il vous plaira, Beaucoup de bruit pour rien, *ou* Cymbeline *et* Le Conte d'hiver.

Maintenant, si l'on veut comprendre en quoi Shakespeare est différent des autres auteurs de son époque, alors que beaucoup d'entre eux, Greene, Marlowe, Ben Jonson, Thomas Kyd, les University Wits, *issus de Cambridge ou d'Oxford, connaissaient une notoriété égale à la sienne, pourquoi il a accédé à une renommée universelle et, semble-t-il, éternelle, auprès de tous les publics de l'univers, prenons simplement l'exemple du dernier, Thomas Kyd, auteur connu et reconnu à l'époque, en particulier grâce à* La Tragédie espagnole. *Kyd a écrit lui aussi un* Hamlet, *que l'on a cru longtemps disparu. Ce qu'apporte Shakespeare à cette sommaire ébauche — nombre d'auteurs élisabéthains* travaillaient en commun, se passaient les sujets, ou se les volaient —, c'est l'épaisseur. Il habille le squelette de méditations philosophiques, métaphysiques ou satiriques, ou bien de développements poétiques, que le public populaire de Shoreditch ou de Southwark écoutait religieusement, et utilise aussi une technique de l'expression dramatique, une richesse de vocabulaire ainsi qu'une rigueur dans la prosodie que ses contemporains, écrivant à la va-vite, dans l'urgence, ne possédaient pas toujours.

La tragédie d'Hamlet, chez Kyd, est une sèche énumération des péripéties. Dans Shakespeare, qui paraît avoir inventé à la fois psychologie et psychanalyse, les situations et les conflits sont, pour ainsi dire, vus de l'intérieur, ce qui leur donne une dimension plus humaine, parfois surhumaine, ou même surnaturelle comme dans Le Songe ou La Tempête. On en tire chaque fois une leçon de morale, à l'échelon universel. Shakespeare, en quelque sorte, extrapole et nous présente une finalité, un miroir où le spectateur et le lecteur peuvent se reconnaître. Ne le dit-il pas lui-même, dans Hamlet, au cours de la célèbre scène avec les comédiens, une troupe en tournée, encore une, alors qu'il prépare avec eux la pièce par laquelle il va confondre celui qui a assassiné son père, l'usurpateur Claudius ?

> (...) l'intention du théâtre a été dès l'origine, et demeure encore, de présenter pour ainsi dire un miroir à la nature et de montrer à la vertu son portrait, à l'ignominie son visage et au siècle même et à la société de ce temps leur aspect et leurs caractères.

Tout le monde n'est pas fils de roi, tout le monde ne voit pas apparaître le spectre de son père assassiné et réclamant vengeance; mais qui ne comprend le mal que peut causer *un adultère, ici entre la reine, mère d'Hamlet, et son beau-père, qui ne rêve de vengeance après une exaction fla-grante, et qui n'a pleuré en perdant son cher amour, comme Ophélie après son abandon par celui qu'elle aime, la folie apparente de celui-ci et le deuil cruel de son père ? Mais aussi, qui sait élever le débat et transformer les personnes concernées en archétypes dont la destinée tragique servira d'exemple à tous ? Car le spectateur de tout âge et de toutes les cultures, sur tous les continents et à toutes les époques, n'attend qu'une chose lorsqu'il assiste à une pièce, ou le lec-teur de roman lorsqu'il en lit un, c'est qu'on lui parle de lui-même. Et qu'on réponde à ses interrogations. Par là, il se défoule, par le rire ou par les larmes, et par l'identifica-tion avec les personnages qu'il voit en scène, ou qu'il ima-gine à travers les pages du roman ; il évacue, selon le bon vieux phénomène de la catharsis, chère aux Antiques grecs, ce qu'il sent de trouble en lui, les tendances mauvaises qu'il ne s'explique pas, les contrecoups du destin auxquels il ne s'attendait pas et qu'il ne s'explique pas non plus, en même temps qu'il s'attribue les actes valeureux de héros qu'il ne peut qu'admirer, en rejetant, souvent violemment, ceux qui sont l'objet d'opprobre.*

Cette propension de Shakespeare à généraliser, à univer-saliser, fait que de nombreux passages de ses œuvres théâ-trales, surtout les monologues des personnages principaux, sont comme des instants suspendus dans le temps de la représentation, des « morceaux de bravoure », que l'on a l'habitude d'isoler du contexte, souvent à des fins pédago-giques, ou simplement pour le plaisir, pour mettre en évi-dence leur portée humaine et intemporelle, et aussi leur enseignement durable. La plupart de ses pièces en contien-nent au moins un, tel le grand air que les récitatifs prépa-rent peu à peu, faisant avancer l'action, et que l'amateur *d'opéra attend impatiemment sans se soucier du reste de l'œuvre, souvent du remplissage. Et n'est pas seul concerné l'immortel «*To be or not to be*», passé dans la langue commune. Si on les connaît moins, sauf à avoir vu jouer ou lu la pièce en entier, on se rappelle tout de même «Mon royaume pour un cheval!» à la fin de* Richard III, *l'hymne à l'amour par Biron dans* Peines d'amour perdues, *la fable de la Reine Mab égrenée par Mercutio au premier acte de* Roméo et Juliette, *le dialogue de ces derniers, «C'était le rossignol et non pas l'alouette. – C'était l'alouette, messagère d'aurore, et non le rossignol», à l'aube de leur première nuit. Ou encore Puck, s'amusant de voir Bottom et sa tête d'âne sur le sein de Titania dans* Le Songe d'une nuit d'été, *Shylock défendant sa cause au tribunal du Doge dans* Le Marchand de Venise, *et la belle plaidoirie de Portia, travestie, sur la clémence, le discours de Marc Antoine retournant le peuple après l'assassinat de Jules César, le couplet de Jacques le mélancolique reprenant la devise du théâtre du Globe, «Le monde entier est un théâtre», dans* Comme il vous plaira, *le délirant Falstaff des* Joyeuses Commères de Windsor, *les doutes spectaculaires d'Othello, les derniers mots de Cléopâtre avant son suicide dans* Antoine et Cléopâtre, *les remords de Macbeth, tueur en série pour accéder au pouvoir suprême, les errances du Roi Lear sur la lande déserte, le monologue revanchard de Timon d'Athènes, qui en dit long sur la générosité comme sur l'ingratitude, la délicieuse apparition de Perdita dans* Le Conte d'hiver, *les enseignements et les tours de magie de Prospéro dans* La Tempête, *l'œuvre testamentaire de Shakespeare. Tels sont quelques-uns des exemples qui demeureront encore longtemps dans les mémoires et que nous avons choisis pour ce livre, un* best of, *comme on dit aujourd'hui, de l'œuvre shakespearienne.*

Tous ceux, jeunes ou moins jeunes, lycéens, étudiants, lecteurs anglophiles ou non, qui prendront connaissance de ce recueil bilingue, puisé dans le fonds Gallimard, et des « morceaux de bravoure » du théâtre de Shakespeare, se rendront compte, même s'ils ne connaissent que peu d'anglais, des difficultés rencontrées par les traducteurs, difficultés dues au fait que pour ce qui est de transposer en vers, les alexandrins ou décasyllabes français s'adaptent mal au traditionnel blank verse *basé sur la scansion; et pour la prose, notre langue manque de cette plasticité qui permet à l'anglais les effets ou les images les plus inattendus, ou des raccourcis saisissants, et elle a en trop un « cartésianisme », dû à notre période classique, qui dessèche l'original et en éclaire fâcheusement les zones d'ombre.*

Le théâtre élisabéthain en général, et celui de Shakespeare en particulier, son « anarchique dramaturgie », disait Jean Vilar, c'est le domaine de la liberté absolue : pas de règles, pas d'unités, une grande licence, bien que le texte de certaines pièces fût soumis à un contrôle rigoureux de la part des autorités. Pas de querelle de plagiat : on prenait son bien où on le trouvait. Pas de souci de la postérité : les pièces étaient sans cesse modifiées, remises au goût du jour, et du public. Pas de sérieux exagéré : le public, bon enfant, reprenait en chœur les chansons, et à la fin de la représentation, souvent, on dansait.

Il faut ajouter à ce « cartésianisme » le recul du temps : la Renaissance élisabéthaine est bien loin de nous, d'où la nécessité d'adapter les textes, cela depuis le XVIIIe siècle et surtout depuis les romantiques, aux différents publics qui se succèdent, avec quelquefois la tentation de céder à la mode, en oubliant de faire de ce théâtre sans égal, comme il l'était dans sa forme première, une œuvre faite d'abord pour les comédiens, et bien entendu pour le public, pas seu-

lement un terrain de manœuvres pour l'inspiration, sou-vent sujette à caution, des metteurs en scène contemporains.

Ces difficultés de traduction et d'adaptation ont été remarquablement analysées par Jean-Michel Déprats en pré-face à la deuxième édition de la Pléiade, avec le concours de Gisèle Venet (2002), la première ayant été réalisée par Henri Fluchère, angliciste reconnu, en 1959, avec un avant-pro-pos d'André Gide, qui venait de donner Antoine et Cléo-pâtre *puis un* Hamlet *à Jean-Louis Barrault.*

Cette première Pléiade, et plusieurs volumes de la Blanche ou du Manteau d'Arlequin, du Mercure de France ou encore de L'Arpenteur, offrent des traductions dont certaines, à juste titre, sont entrées dans l'histoire de la littérature, par exemple celles de Jean-Louis Curtis (Le Roi Lear)*, Pierre-Jean Jouve* (Roméo et Juliette)*, également traducteur des* Sonnets*, Jules Supervielle* (Comme il vous plaira)*, Georges Neveux* (Le Songe *et* Othello)*, Bernard Noël* (La Nuit des rois)*, Maurice Maeterlinck* (Macbeth)*, André du Bouchet* (La Tempête)*, sans oublier l'historique* Conte d'hiver *de Jacques Copeau et Suzanne Bing, créé au théâtre du Vieux-Colombier en 1913, ni l'*Antoine et Cléopâtre *d'André Gide, révisé par lui en 1938, ni même le long tra-vail méritoire de François Victor Hugo* (Œuvres com-plètes)*, sur l'incitation de son célèbre père, auteur pour sa part d'une monumentale biographie de Shakespeare. Aux côtés de nos modernes, très inventifs et très joués sur nos scènes — Jean-Michel Déprats déjà cité, ou Yves Bonnefoy, qui ont à peu près tout traduit, avec une grande rigueur et un irréprochable talent, Jean-Pierre Richard ou Jérôme Hankins, spécialistes sans complaisance, ainsi que ma modeste participation pour des œuvres jouées —, il était juste d'attribuer une large place à ces traductions déjà anciennes, qui permettent aussi de mesurer la part d'in-*

vention apportée par un traducteur, surtout s'il est lui-même poète et dramaturge, en comparaison avec la littéralité qui paraît plus en faveur aujourd'hui mais gomme quelque peu la prodigieuse richesse langagière de Shakespeare. Tous, cependant, ont exprimé à la fois leur talent propre et leur respect infini de l'auteur. Et tel était bien l'essentiel.

CLAUDE MOURTHÉ

Famous Scenes

Scènes célèbres

TITUS ANDRONICUS

TITUS ANDRONICUS

(1594)

Dès le début de sa carrière, après la trilogie d'*Henry VI*, Shakespeare livre une pièce de série noire, dont on suppose qu'elle a pu être coécrite par quelqu'un ou quelques-uns de ses contemporains, tels George Peele ou Robert Greene. C'était ainsi : dans ce milieu très particulier du théâtre élisabéthain, les idées étaient souvent communes et s'échangeaient parfois au comptoir d'un pub, comme on le voit dans le film *Shakespeare in love*, où Marlowe souffle à Shakespeare en mal d'inspiration le sujet de *Roméo et Juliette*.

Joué au théâtre du Globe, *Titus Andronicus*, c'est du grand-guignol, comme l'adoraient les contemporains de Shakespeare. Pour seuls exemples, citons l'infortunée héroïne, Lavinia, fille de Titus, général romain, à qui, après l'avoir violée, on a tranché les mains et la langue, rôle forcément muet, l'amputation de Titus, ou encore la scène de cannibalisme finale qui rappelle celle où Thyeste est forcé par Atrée de dévorer ses propres enfants. « De telles horreurs ne pouvaient avoir été écrites par Shakespeare », décrétait Samuel Johnson, grand dictateur des lettres anglaises au XVIIIe siècle. Dans ce délire sanguinolent, et disons-le morbide, brillent cependant quelques éclairs d'humanité et de poésie incontestablement dus à l'auteur d'*Hamlet*, même s'ils n'éclipsent pas l'aspect essentiellement sanguinaire de l'œuvre, où règnent la loi du talion et l'esprit de vengeance, celle de Titus envers les tortionnaires de sa fille.

ACT V, scene 2

TITUS

Come, come, Lavinia, look, thy foes are bound;
Sirs, stop their mouths, let them not speak to me,
But let them fearful words I utter.
O villains, Chiron and Demetrius!
Here stands the spring whom you have stained with
    mud,
This goodly summer with your winter mixed :
You killed her husband, and for that vile fault
Two of her brothers were condemn'd to death,
My hand cut off and made a merry jest,
Both her sweet hands, her tongue, and that more dear
Than hands or tongue, her spotless chastity,
Inhuman traitors, you constrain'd and forc'd.
What would you say if I should let you speak?
Villains, for shame, you could not beg for grace.
Hark, wretches, how I mean to martyr you.
This one hand yet is left to cut your throats,
Whiles that Lavinia 'tween her stumps doth hold
The basin that receives your guilty blood.

ACTE V, scène 2

Viens, viens, Lavinia, tes ennemis sont attachés ;
Messieurs, bâillonnez-les, qu'ils ne me parlent pas,
Mais qu'ils entendent mes paroles effroyables.
Ô scélérats, Chiron et Démétrius !
Voici la source que vous avez souillée de fange,
Ce bel été à votre hiver mêlé :
Vous avez tué son mari, et pour ce noir forfait,
Deux de ses frères furent condamnés à mort,
Ma main, coupée, fut l'objet d'une farce,
Ses tendres mains, sa langue et, plus précieux
Que mains ou langue, sa chasteté immaculée,
Traîtres inhumains, vous avez violentées et forcées.
Que diriez-vous si je vous laissais parler ?
Scélérats, par pudeur, vous ne pourriez demander
    grâce.
Écoutez, misérables, de quelle façon je compte à
    votre tour vous mutiler.
Cette main encore me reste pour vous couper la
    gorge,
Cependant que Lavinia entre ses moignons tiendra
Le bassin qui recueillera votre sang coupable.

You know your mother means to feast with me,
And calls herself Revenge, and thinks me mad.
Hark, villains, I will grind your bones to dust,
And with your blood and it I'll make a paste,
And of the paste a coffin I will rear,
And make two pasties of your shameful heads,
And bid that strumpet, your unhallow'd dam,
Like to the earth swallow her own increase.
This is the feast that I have bid her to,
And this the banquet she shall surfeit on.
For worse than Philomel you us'd my daughter,
And worse than Procne I will be reveng'd.
And now, prepare your throats. Lavinia, come,
Receive the blood, and when that they are dead,
Let me go grind their bones to powder small,
And with this hateful liquor temper it,
And in that paste let their vile heads be bak'd.
Come, come, be everyone officious
To make this banquet, which I wish may prove
More stern and bloody than the Centaur's feast.

Vous savez que votre mère compte festoyer avec moi,
Qu'elle se nomme Vengeance, et me croit fou.
Écoutez, scélérats, je vais broyer vos os en poussière,
De votre sang et de celle-ci faire une pâte,
Puis de cette pâte un cercueil,
Et je ferai deux pâtés de vos têtes honteuses,
Et prierai cette catin, votre mère sacrilège,
D'avaler sa propre engeance jusqu'à la terre.
Tel est le festin auquel je l'ai conviée,
Et tel est le banquet dont elle va se repaître.
Car vous avez traité ma fille plus mal que Philomèle,
Et plus mal que Procné[1] je veux être vengé.
Et maintenant, préparez votre gorge. Lavinia, viens,
Recueille le sang, et quand ils seront morts,
J'irai broyer leurs os en poudre fine,
Et de cette liqueur détestable l'imbiber,
Et que dans cette pâte leurs têtes immondes soient
   cuites.
Allons, allons, que chacun s'active
À ce repas, dont j'espère qu'il sera
Plus sinistre et sanglant que le festin des Centaures[2].

Traduction Jean-Pierre Richard

---

1. Philomèle, sœur de Procné, est violée par le mari de celle-ci, Térée, qui lui coupe la langue afin de l'empêcher de parler. Pour la venger, Procné, à qui elle a révélé son aventure en la brodant sur une étoffe, fait manger à Térée tous les membres de son fils Itys. Quand le tyran se lance à la poursuite des deux sœurs, les dieux changent Procné en hirondelle, Philomèle en rossignol, et Térée en huppe. (Ovide, *Métamorphoses, VI.*)
2. Allusion au banquet célébrant les noces de Pirithoüs et Hippodamé au cours duquel les Centaures, pris de boisson, cherchèrent à violer toutes les femmes présentes et déclenchèrent ainsi une bataille meurtrière. (Ovide, *Métamorphoses, XII.*)

RICHARD THE THIRD

RICHARD III

(1594)

Pour comprendre ou essayer de comprendre ce personnage, dans le deuxième ou troisième opus de Shakespeare, cette fois incontestablement de sa plume bien qu'il se soit inspiré d'une œuvre de Sir Thomas More datant de 1513, il faut remonter à la guerre des Deux-Roses, et très précisément à la bataille de Tewkesbury (4 mai 1471) où l'armée de Marguerite d'Anjou et du chancelier Warwick est battue. La reine est enfermée à la Tour de Londres où elle rejoint son mari Henry VI, bientôt assassiné par Richard. C'est le soleil des York qui se lève, au détriment des Lancastre.

Pour accéder au pouvoir suprême, Richard, d'abord duc de Gloucester, et fils cadet de Richard Plantagenêt, troisième duc d'York, accumule meurtres et exactions. Mais il faut lui reconnaître une qualité, c'est d'exprimer dès le début de la pièce, dans son premier monologue, tout ce que son âme contient de noirceur et d'ambition effrénée, justifiant celle-ci par le fait que la nature l'a déshérité, faisant de lui un nabot, bossu, le pied bot, laid à faire peur, et surtout celle d'un scélérat tel Iago dans *Othello* ou tel Aaron dans *Titus Andronicus*. Ce caractère, ainsi que la triste destinée d'un machiavélique anti-héros, a permis à Shakespeare, après *Henry VI*, de passer de la chronique historique à la tragédie pure.

ACT I, scene 1

Now is the winter of our discontent
Made glorious summer by this sun of York;
And all the clouds that lour'd upon our house
In the deep bosom of the ocean buried.
Now are our brows bound with victorious wreaths;
Our bruised arms hung up for monuments;
Our stern alarums chang'd to merry meetings,
Our dreadful marches to delightful measures.
Grim-visag'd war hath smooth'd his wrinkled front;
And now — instead of mounting barbed steeds
To fright the souls of fearful adversaries —
He capers nimbly in a lady's chamber
To the lascivious pleasing of a lute.
But I, that am not shap'd for sportive tricks,
Nor made to court an amorous looking-glass;
I, that am rudely stamp'd, and want love's majesty
To strut before a wanton ambling nymph;

ACTE I, scène I

RICHARD, DUC DE GLOUCESTER

Ores voici l'hiver de notre déplaisir
Changé en glorieux été par ce soleil d'York;
Et tous les nuages qui menaçaient notre Maison
Ensevelis au sein profond de l'océan.
Voici nos fronts parés de couronnes triomphales,
Nos armes ébréchées suspendues en trophées,
Nos austères alarmes changées en gaies rencontres,
Nos marches redoutables en pavanes exquises,
Guerre, lugubre masque, a déridé son front :
Et désormais, au lieu de chevaucher des coursiers
    harnachés
Pour effrayer les âmes d'ennemis timorés,
Il fait le leste et le cabri dans le boudoir d'une
    dame,
Au son lascif et langoureux d'un luth.
Mais moi qui ne suis pas formé pour ces folâtres jeux,
Ni fait pour courtiser un amoureux miroir;
Moi, qui suis marqué au sceau de la rudesse
Et n'ai pas la majesté de l'amour
Pour m'aller pavaner devant une impudique nymphe
    minaudière;

I, that am curtail'd of this fair proportion,
Cheated of feature by dissembling nature,
Deform'd, unfinish'd, sent before my time
Into this breathing world, scarce half made up,
And that so lamely and unfashionable,
That dogs bark at me as I halt by them; —
Why, I, in this walk piping time of peace,
Have no delight to pass away the time,
Unless to spy my shadow in the sun,
And descant on mine own deformity :
And therefore — since I cannot prove a lover,
To entertain these fair well-spoken days —
I am determined to prove a villain,
And hate the idle pleasures of these days.
Plots have I laid, inductions dangerous,
By drunken prophecies, libels, and dreams,
To set my brother Clarence and the king
In deadly hate the one against the other :
And, if King Edward be as true and just
As I am subtle, false, and treacherous,
This day should Clarence closely be mew'd up,
About a prophecy, which says that G
Of Edward's heirs the murderer shall be.

1. Dans les *Chroniques d'Holinshed*, source de la pièce, il était dit qu'après Édouard régnerait un homme dont le nom commencerait par un G.

Moi qui suis tronqué de nobles proportions,
Floué d'attraits par la trompeuse Nature,
Difforme, inachevé, dépêché avant terme
Dans ce monde haletant à peine à moitié fait...
Si boiteux et si laid
Que les chiens aboient quand je les croise en claudi-
    quant.
Eh bien, moi, en ce temps de paix alangui à la voix de
    fausset,
Je n'ai d'autre plaisir pour passer le temps,
Que d'épier mon ombre au soleil,
Et de fredonner des variations sur ma propre diffor-
    mité.
Et donc, si je ne puis être l'amant
Qui charmera ces jours si beaux parleurs,
Je suis déterminé à être un scélérat,
Et à haïr les frivoles plaisirs de ces jours.
J'ai tramé des intrigues, de perfides prologues,
Grâce à des prophéties d'ivrognes, des libelles et des
    rêves,
Pour dresser mon frère Clarence et le roi
En haine mortelle l'un contre l'autre :
Et si le roi Édouard est aussi franc et droit
Que je suis rusé, fourbe, et traître,
Aujourd'hui même Clarence sera bouclé
En vertu d'une prophétie, selon laquelle « G[1] »
Des héritiers d'Édouard sera le meurtrier...

Une des premières victimes de Richard est donc Henry VI.
    Mais ce n'est pas tout de l'avoir éliminé, il veut aussi devenir
l'époux de sa belle-fille, veuve d'Édouard, prince de Galles, qu'il a
tué, et c'est entre la jeune femme et lui, au-dessus de la dépouille

ACT I, scene 2

Enter the corpse of King Henry the Sixth, gentlemen with halberds to guard it, and Lady Anne as mourner.

GLOUCESTER

Stay, you that bear the corse, and sit it down.

ANNE

What black magician conjures up this fiend,
To stop devoted charitable deeds?

GLOUCESTER

Villains, set down the corse; or, by Saint Paul,
I'll make a corse of him that disobeys!

FIRST GENTLEMAN

My lord, stand back, and let the coffin pass.

GLOUCESTER

Unmanner'd dog! stand you, when I command:
Advance thy halberd higher than my breast,

du roi défunt, une scène d'affrontement extraordinaire, dont la plus belle interprétation, en dehors de celle, célèbre, de Laurence Olivier, est sans doute la création d'Al Pacino dans le film *Looking for Richard*.

ACTE I, scène 2

Entre la dépouille d'Henry VI sous la garde de gentils-hommes portant des hallebardes, Lady Anne conduit le deuil.

RICHARD, DUC DE GLOUCESTER

Arrêtez, vous qui portez le cadavre, et posez-le à terre.

ANNE

Quel noir sorcier conjure ce démon
Pour entraver des actes pieux et charitables ?

RICHARD, DUC DE GLOUCESTER

Traîtres ! Déposez ce cadavre ou par saint Paul
Je fais un cadavre de qui désobéit !

UN HALLEBARDIER

Monseigneur, reculez et laissez passer le cercueil.

RICHARD, DUC DE GLOUCESTER

Chien de malappris, arrête-toi quand je commande !
Pointe ta hallebarde plus haut que ma poitrine,

Or, by Saint Paul, I'll strike thee to my foot,
And spurn upon thee, beggar, for thy boldness.

ANNE

What, do you tremble? are you all afraid?
Alas, I blame you not; for you are mortal,
And mortal eyes cannot endure the devil. —
Avaunt, thou dreadful minister of hell!
Thou hadst but power over his mortal body, —
His soul thou canst not have; therefore, be gone.

GLOUCESTER

Sweet saint, for charity, be not so curst.

ANNE

Foul devil, for God's sake, hence, and trouble us not;
For thou hast made the happy earth thy hell,
Fill'd it with cursing cries and deep exclaims.
If you delight to view thy heinous deeds,
Behold this pattern of thy butcheries. —
O, gentlemen, see, see! dead Henry's wounds
Open their congeal'd mouths and bleed afresh! —
Blush, blush, thou lump of foul deformity;
For 'tis thy presence that exhales this blood
From cold and empty veins, where no blood dwells;
Thy deed, inhuman and unnatural,
Provokes this deluge most unnatural. —
O God, which this blood mad'st, revenge his death!
O earth, which this blood drink'st, revenge his death!

Ou par saint Paul, je t'abats à mes pieds,
Et t'écrase, gueux, pour ta témérité.

ANNE

Quoi, vous tremblez ? Vous avez tous peur ?
Hélas, je ne vous blâme pas, car vous êtes mortels,
Et des yeux de mortels ne peuvent endurer la vue du
diable.
Arrière, toi, terrible ministre de l'enfer !
Tu n'avais de pouvoir que sur son corps mortel :
Son âme, tu ne peux pas l'avoir ; aussi, va-t'en !

RICHARD, DUC DE GLOUCESTER

Douce sainte, par charité, moins de hargne.

ANNE

Abject démon, pour l'amour de Dieu, va-t'en et ne
nous trouble pas,
Car de la terre heureuse tu as fait ton enfer,
Tu l'as remplie de cris imprécatoires et de clameurs
profondes,
Si tu prends plaisir à voir tes odieux forfaits,
Contemple cet emblème de tes boucheries.
Ô gentilshommes ! Voyez, voyez, les blessures d'Henry
mort
Ouvrent leurs bouches glacées et saignent de nou-
veau.
Rougis, rougis, toi, masse d'infecte difformité,
Car c'est ta présence qui fait jaillir ce sang
De veines froides et vides, où le sang n'habite plus :
Ton action inhumaine et contre nature
Provoque ce déluge le plus contre nature.
Ô Dieu ! qui fis ce sang, venge sa mort ;
Ô terre ! qui bois ce sang, venge sa mort ;

Either, heaven, with lightning strike the murderer dead;
Or, earth, gape open wide, and eat him quick,
As thou dost swallow up this good king's blood,
Which his hell-govern'd arm hath butchered!

GLOUCESTER

Lady, you know no rules of charity,
Which renders good for bad, blessings for curses.

ANNE

Villain, thou know'st no law of God nor man:
No beast so fierce but knows some touch of pity.

GLOUCESTER

But I know none, and therefore am no beast.

ANNE

O wonderful, when devils tell the truth!

GLOUCESTER

More wonderful, when angels are so angry. —
Vouchsafe, divine perfection of a woman,
Of these supposed devils, to give me leave,
By circumstance, but to acquit myself.

ANNE

Vouchsafe, diffus'd infection of a man,
For these known evils, but to give me leave,
By circumstance, to curse thy cursed self.

Ciel, de ta foudre frappe le meurtrier à mort,
Ou terre, ouvre-toi toute grande et dévore-le vivant,
Comme tu avales le sang de ce bon roi
Que son bras gouverné par l'enfer a massacré.

RICHARD, DUC DE GLOUCESTER

Madame, vous ne connaissez pas les règles de la
    charité,
Qui rend le bien pour le mal, et des bénédictions
    pour les malédictions.

ANNE

Scélérat, tu ne connais ni loi divine ni loi humaine.
Il n'est pas de bête si féroce qu'elle ne connaisse
    quelque pitié.

RICHARD, DUC DE GLOUCESTER

Mais je n'en connais aucune, donc ne suis pas une
    bête.

ANNE

Ô prodige, quand les démons disent la vérité !

RICHARD, DUC DE GLOUCESTER

Plus grand prodige encore quand les anges sont si
    furieux.
Daigne, divine perfection de la femme,
De ces crimes supposés, me permettre
Par le menu de me disculper.

ANNE

Daigne, maligne infection d'homme,
De ces crimes reconnus, me permettre
Par le menu d'accuser ta maudite personne.

GLOUCESTER

Fairer than tongue can name thee, let me have
Some patient leisure to excuse myself.

ANNE

Fouler than heart can think thee, thou canst make
No excuse current, but to hang thyself.

GLOUCESTER

By such despair, I should accuse myself.

ANNE

And, by despairing, shouldst thou stand excus'd
For doing worthy vengeance on thyself,
That didst unworthy slaughter upon others.

GLOUCESTER

Say that I slew them not?

ANNE

              Why, then, they are not dead :
But dead they are, and, devilish slave, by thee.

GLOUCESTER

I did not kill your husband.

ANNE

              Why, then, he is alive.

GLOUCESTER

Nay, he is dead; and slain by Edward's hand.

RICHARD, DUC DE GLOUCESTER

Beauté que la langue ne peut décrire, laisse-moi
Le patient loisir de m'excuser.

ANNE

Hideur que le cœur ne peut concevoir, tu ne peux
    trouver
D'autre excuse véritable que de te pendre.

RICHARD, DUC DE GLOUCESTER

Par ce désespoir, je m'accuserais.

ANNE

Par ce désespoir, tu devrais t'excuser
En vengeant dignement sur toi-même
Les indignes meurtres commis sur d'autres.

RICHARD, DUC DE GLOUCESTER

Supposons que je ne les ai pas tués?

ANNE

                    Alors, ils ne sont pas morts :
Mais morts ils sont, esclave diabolique, et par toi.

RICHARD, DUC DE GLOUCESTER

Je n'ai pas tué votre mari.

ANNE

                    Alors, il est encore en vie.

RICHARD, DUC DE GLOUCESTER

Non, il est mort, assassiné par la main d'Édouard.

ANNE

In thy foul throat thou liest : Queen Margaret saw
Thy murderous falchion smoking in his blood;
The which thou once didst bend against her breast,
But that thy brothers beat aside the point.

GLOUCESTER

I was provoked by her slanderous tongue,
That laid their guilt upon my guiltless shoulders.

ANNE

Thou wast provoked by thy bloody mind,
That never dreamt on aught but butcheries :
Didst thou kill this king?

GLOUCESTER

I grant thee.

ANNE

Dost grant me, hedgehog? then, God grant me too
Thou mayst be damned for that wicked deed!
O, he was gentle, mild, and virtuous!

GLOUCESTER

The fitter for the King of heaven, that hath him.

ANNE

He is in heaven, where thou shalt never come.

GLOUCESTER

Let him thank me, that help to send him thither;
For he was fitter for that place than earth.

ANNE

Par ton infecte gorge, tu mens : la reine Margaret a vu
Ton glaive meurtrier tout fumant de son sang,
Et tu l'inclinais contre sa poitrine,
Si tes frères n'en avaient détourné la pointe.

RICHARD, DUC DE GLOUCESTER

J'étais provoqué par sa langue calomnieuse
Qui rejetait leur culpabilité sur mes épaules inno-
    centes.

ANNE

Tu étais provoqué par ton esprit sanguinaire
Qui n'a jamais rêvé que de boucheries.
N'as-tu pas tué ce roi ?

RICHARD, DUC DE GLOUCESTER

            Je te l'accorde, oui.

ANNE

Tu me l'accordes, porc-épic ! Dieu m'accorde aussi
Que tu sois damné pour cet acte criminel.
Ô, il était tendre, doux et vertueux.

RICHARD, DUC DE GLOUCESTER

Tant mieux pour le roi du Ciel qui le garde.

ANNE

Il est au Ciel où tu n'iras jamais.

RICHARD, DUC DE GLOUCESTER

Qu'il me remercie d'avoir aidé à l'y envoyer,
Car il était plus fait pour ce lieu-là que pour la terre.

ANNE

And thou unfit for any place but hell.

GLOUCESTER

Yes, one place else, if you will hear me name it.

ANNE

Some dungeon.

GLOUCESTER

Your bed-chamber.

ACT V, scene 3

RICHARD

Give me another horse, — bind up my wounds, —

ANNE

Et toi tu n'es pas fait pour d'autre lieu que l'enfer.

RICHARD, DUC DE GLOUCESTER

Si, un autre encore, si vous voulez bien me l'entendre nommer.

ANNE

Quelque cachot?

RICHARD, DUC DE GLOUCESTER

Votre chambre à coucher.

Est-ce par peur — Lady Anne ne sait que trop ce qui l'attend — ou par une obscure attirance physique pour le meurtrier, séducteur malgré tout, Lady Anne accepte d'épouser Gloucester.

De même, ce dernier parvient à devenir roi à l'issue d'une scène pleine d'hypocrisie où il feint de refuser la couronne.

Mais il a accumulé trop de haine contre lui. Une coalition se forme avec, à sa tête, le duc de Richmund, futur Henry VII. C'est le champ de bataille qui tranchera, celui de Bosworth, où Richard est tué et qui, en 1585, met fin à la guerre des Deux-Roses. S'éveillant d'un rêve prémonitoire, un cauchemar plutôt, Richard prononce déjà la célèbre phrase qui précédera sa mort.

ACTE V, scène 3

RICHARD

Qu'on me donne un autre cheval! Qu'on bande mes blessures!

Have mercy, Jesu! — Soft! I did but dream. —
O coward conscience, how dost thou afflict me! —
The lights burn blue. — It is now dead midnight.
Cold fearful drops stand on my trembling flesh.
What do I fear? myself? there's none else by:
Richard loves Richard; that is, I am I.
Is there a murderer here? Non; — yes, I am:
Then fly. What, from myself? Great reason why, —
Lest I revenge myself upon myself.
Alack, I love myself. Wherefore? for any good
That I myself have done unto myself?
O no! alas, I rather hate myself
For hateful deeds committed by myself!
I am a villain: yet I lie, I am not.
Fool, of thyself speak well: — fool, do not flatter.
My conscience hath a thousand several tongues,
And every tongue brings in a several tale,
And every tale condemns me for a villain.
Perjury, perjury, in the high'st degree;
Murder, stern murder, in the dir'st degree;
All several sins, all us'd in each degree,
Throng to the bar, crying all "Guilty! guilty!"
I shall despair. There's no creature loves me;

Aie pitié, Jésus!... Du calme, ce n'était qu'un
  rêve.
Ô lâche conscience, comme tu me tortures!
Les lumières brûlent bleu; c'est à présent la morte
  mi-nuit.
De froides gouttes de sueur se figent sur ma trem-
  blante chair.
De quoi ai-je peur? De moi-même? Il n'y a personne
  d'autre ici;
Richard aime Richard, à savoir, Moi et Moi.
Y a-t-il un meurtrier ici? Non. Si, moi.
Alors, fuyons. Quoi, me fuir moi-même? Pour quelle
  raison?
De peur que je me venge? Quoi, moi-même de moi-
  même?
Hélas, j'aime moi-même. Pourquoi?
Pour m'être fait du bien à moi-même?
Ô non, hélas, je me déteste plutôt
Pour les actes détestables commis par moi-même.
Je suis un scélérat — non, je mens, je n'en suis pas
  un!
Bouffon, de toi-même parle honnêtement. Bouffon,
  ne te flatte pas.
Ma conscience a mille langues différentes,
Et chaque langue raconte une histoire différente,
Et chaque histoire me condamne comme scélérat:
Parjure, parjure au plus haut degré;
Meurtre, atroce meurtre au plus cruel degré;
Absolument tous les péchés, tous commis au
  suprême degré,
Se pressent à la barre, et crient tous: «Coupable!
  Coupable!»
C'est à désespérer! Pas une créature ne m'aime,

And if I die, no soul shall pity me :
Nay, wherefore should they, — since that I myself
Find in myself no pity to myself ?

Et si je meurs, pas une âme n'aura pitié de moi…
Pourquoi donc en aurait-on, puisque moi-même
Je ne trouve en moi-même aucune pitié pour moi-
     même?

Traduction Jean-Michel Déprats

THE TAMING OF THE SHREW

LA MÉGÈRE APPRIVOISÉE

(1594)

Une pièce qu'en dépit des apparences beaucoup de nos féministes contemporaines devraient adorer. Pour sa fin. Lancée du coin d'une rue par un ivrogne du nom de Sly, c'est du théâtre dans le théâtre. Provocant, le seigneur Petrucchio accepte pour épouse une Catharina revêche, indomptable et résolument allergique aux hommes. Car le père exige qu'elle soit mariée avant sa sœur Bianca, plutôt niaise. Macho jusqu'à l'extrémité de ses éperons, Petrucchio fait subir à Catharina, pour la mater, les pires avanies. Elle résiste. Souvent, elle se montre plus forte que ce mâle qui veut la dresser, mais le mystère des couples est insondable. La voici finalement repentie, obéissante, d'une douceur qu'on ne lui a jamais connue, dans un discours très émouvant sur la fidélité et les devoirs de l'épouse. Mais est-elle sincère ? Qui a dompté l'autre ?

Une *Mégère* célèbre est celle jouée au cinéma par Douglas Fairbanks et Mary Pickford (1929), une autre assemblait, ou plutôt désassemblait Richard Burton et Elizabeth Taylor (1967). Dix ans auparavant, Audiberti en avait donné, dans une mise en scène de Georges Vitaly, une version très personnelle qui avait le mérite de mettre à l'affiche Pierre Brasseur, Suzanne Flon et, dans le rôle du valet Biondello, un jeune débutant appelé Belmondo.

ACT V, scene 2

Fie fie! unknit that threatening unkind brow;
And dart not scornful glances from those eyes,
To wound thy lord, thy king, thy governor:
It blots thy beauty, as frosts bite the meads;
Confounds thy fame, as whirlwinds skake fair buds;
And in no sense is meet or amiable.
A woman mov'd is like a fountain troubled,
Muddy, ill-seeming, thick, bereft of beauty;
And while it is so, none so dry or thirsty
Will deign to sip, or touch one drop of it.
Thy husband is thy lord, thy life, thy keeper,
Thy head, thy sovereign; one that cares for thee
And for thy maintenance; commits his body
To painful labour both by sea and land,
To watch the night in storms, the day in cold,
Whilst thou liest warm at home, secure and safe;
And craves no other tribute at thy hands
But love, fair looks, and true obedience, —
Too little payment for so great a debt.

ACTE V, scène 2

Fi donc ! Ne fronce plus ce sourcil menaçant et hostile,
Et que tes yeux ne lancent pas de regards méprisants
Pour blesser ton seigneur, ton roi, ton gouvernant :
Il nuit à ta beauté, tout comme la gelée glace les prés,
Et ruine ta réputation, ainsi que les bourrasques les
    jolis bourgeons ;
Et ce n'est en aucune façon convenable ni aimable.
Une femme en colère est telle une fontaine troublée,
Boueuse, ni avenante ni limpide, dénuée de beauté ;
Et tant qu'il est ainsi, nul assoiffé, même à sec,
Ne daignera y tremper les lèvres, ni en boire une
    goutte.
Ton mari est ton seigneur, ta vie, ta sauvegarde,
Ton chef, ton souverain ; celui qui prend soin de toi
Et de ton entretien ; qui sur mer et sur terre
Soumet son corps à un pénible labeur,
Veille les nuits de tempête, les jours de froidure,
Quand tu reposes au chaud et en sécurité dans la
    maison ;
Le seul tribut qu'il attend de tes mains
C'est amour, mine agréable, sincère obéissance :
Un trop maigre paiement pour une si grande dette.

Such duty as the subject owes the prince,
Even such a woman oweth to her husband;
And when sh's froward, peevish, sullen, sour,
And not obedient to his honest will,
What is she but a foul contending rebel,
And graceless traitor to her loving lord? —
I am asham'd that women are so simple
To offer war, where they should kneel for peace:
Or seek for a rule, supremacy, and sway,
When they are bound to serve, love and obey.
Why are our bodies soft and weak and smooth,
Unapt to toil and trouble in the world,
But that our soft conditions and our hearts
Should well agree with our external parts?
Come, come, you froward and unable worms!
My mind hath been as big as one of yours,
My heart as great; my reason, haply, more,
To bandy word for word and frown for frown:
But now I see our lances are but straws;
Our strength as weak, our weakness past compare, —
That seeming to be most, which we indeed least are.
Then vail your stomachs, for it is no boot,
And place your hands below your husband's foot:
In token of which duty, if he please,
My hand is ready, may it do him ease.

La soumission due à un prince,
Est celle qu'une femme doit à son mari ;
Lorsqu'elle est indocile, maussade, morose, aigrie,
Lorsqu'elle n'obéit pas à son juste vouloir,
Qu'est-elle sinon une rebelle de bien mauvaise foi,
Une effrontée traîtresse pour son seigneur aimant ?
J'ai honte que des femmes se montrent assez sottes
Pour déclarer la guerre quand elles devraient qué-
    mander la paix à genoux,
Et pour revendiquer pouvoir, suprématie, empire,
Quand elles sont faites pour servir, aimer, et obéir.
Pourquoi nos corps sont-ils douceur, fragilité, déli-
    catesse,
Inaptes à l'endurance et aux troubles terrestres,
Sinon pour que la douceur de notre condition et de
    nos cœurs,
Soit tout en harmonie avec notre aspect extérieur ?
Allez donc, vers de terre incapables et ronchons !
J'ai eu autant que vous de la grandeur dans l'âme,
Et aussi dans le cœur ; j'ai plus de raisons que vous,
    par bonheur,
De rendre mot pour mot et fâcherie pour fâcherie,
Mais à présent je vois que nos lances ne sont que des
    fétus de paille,
Notre force de la faiblesse, une faiblesse sans égale,
Qui se flatte beaucoup d'être ce que nous sommes le
    moins.
Ravalez donc votre orgueil, il n'est pas de saison,
Et que vos mains soient à la botte de votre époux :
S'il plaît au mien, en gage de ce devoir-là,
Ma main est toute prête, qu'il en use à son gré.

Traduction Claude Mourthé

LOVE'S LABOUR'S LOST

PEINES D'AMOUR PERDUES

(1594)

Représentée pour la première fois devant la reine à Noël 1597 ou 1598, ce n'est pas l'une des toutes premières comédies de Shakespeare, mais sûrement l'une des meilleures, qui vaut surtout par la légèreté de l'intrigue, la verdeur des caractères, la vivacité d'un dialogue ressemblant souvent à une joute d'escrime, où l'esprit est roi « en désarmant l'adversaire, selon Henri Fluchère, dans un duel verbal des sexes ».

À la cour du roi de Navarre, afin de se consacrer uniquement à l'étude, quatre jeunes gens font le serment de se passer de femmes… juste avant que la princesse de France, escortée de trois de ses suivantes, vienne rendre visite au roi. Naturellement, aucun des jeunes seigneurs ne résiste, ni n'hésite à se parjurer, d'abord en cachette, puis sous l'impulsion de l'un d'eux, Biron, qui se livre, pour achever de les convaincre, à un véritable dithyrambe sur l'amour, le pendant du monologue de Catharina dans *La Mégère*. Kenneth Branagh a tiré dernièrement de cette intrigue vaudevillesque un film original, à la façon de la comédie musicale style Broadway. Ce qui ajoutait encore à son charme.

ACT IV, scene 3

Have at you, then, affection's men-at-arms.
Consider what you first did swear unto, —
To fast, to study, and to see no woman; —
Flat treason 'gainst the kingly state of youth.
Say, can you fast? your stomachs are too young;
And abstinence engenders maladies.
And where that you have vow'd to study, lords,
In that each of you have forsworn his book, —
Can you still dream, and pore, and thereon look?
Why, universal plodding prisons up
The nimble spirits in the arteries,
As motion and long-during action tire
The sinewy vigour of the traveller.
Now, for not looking on a woman's face,
You have in that forsworn the use of eyes,
And study too, the causer of your vow;
For when would you, my liege, or you, or you,
In leaden contemplation, have found out

ACTE IV, scène 3

BIRON

Reprenez-vous, belligérants du cœur!
Considérez ce que vous avez juré tout d'abord :
De jeûner, d'étudier, et de ne voir aucune femme.
Trahison manifeste envers le royal état de jeunesse.
Capables de jeûne ? Jeunes, vos estomacs le sont trop,
Et l'abstinence engendre des maladies.
Quant à se vouer à l'étude, messeigneurs,
C'est à son propre ouvrage que chacun de vous a
    renoncé.
Vous est-il encore possible de rêver, de méditer, et
    de continuer à voir ?
Un savoir universel fait prisonnière des artères
L'agilité de l'esprit,
De même que le mouvement et l'action qui s'éternise
Épuisent l'énergie nerveuse du voyageur.
Et maintenant, sans un regard pour un visage de
    femme,
Vous avez, de ce fait, aboli l'usage de vos yeux,
Et aussi de l'étude, objet de votre vœu.
Car où trouverez-vous, mon suzerain, et vous, et vous,
Plombés dans votre contemplation,

Such fiery numbers as the prompting eyes
Of beauty's tutors have enrich'd you with?
Other slow arts entirely keep the brain;
And therefore, finding barren practisers,
Scarce shows a harvest of their heavy toil:
But love, first learned in a lady's eyes,
Lives not alone immured in the brain;
But, with the motion of all elements,
Courses as swift as thought in every power,
And gives to every power a double power,
Above their functions and their offices.
It adds a precious seeing to the eye, —
A lover's eyes will gaze an eagle blind;
A lover's ear will hear the lowest sound,
When the suspicious head of theft is stopp'd:
Love's feeling is more soft and sensible
Than are the tender horns of cockled snails:
Love's tongue proves dainty Bacchus gross in taste:
For valour, is not Love a Hercules,
Still climbing trees in the Hesperides?
Subtle as sphinx; as sweet and musical
As bright Apollo's lute, strung with his hair;
And when Love speaks, the voice of all the gods
Make heaven drowsy with the harmony.
Never durst poet touch a pen to write
Until his ink were temper'd with Love's sighs:
O, then his lines would ravish savage ears,

Prémices aussi éclatants que ceux dont vous a enrichis
L'œil aguichant d'une captivante beauté ?
Des arts autres, mineurs, occupent à plein le cerveau,
Et ne produisent donc, sous l'effet de stériles pra-
tiques,
Qu'une maigre récolte de leurs pénibles travaux.
Mais l'amour, appris d'abord dans les yeux d'une
femme,
Ne demeure pas seul, muré dans le cerveau.
Grâce à la mobilité de tous les éléments,
Il se répand, vif comme la pensée, en chaque faculté,
Octroyant à chacune le double d'elle-même,
Au-delà de ses fonctions et de son office.
À l'œil, il ajoute une précieuse façon de voir,
Celle de l'amoureux rendrait un aigle aveugle.
Son ouïe percevrait le plus faible des sons,
Quand celle, soupçonneuse, du voleur n'entend rien.
Le sentiment d'amour est plus délicat, plus sensible,
Que les tendres antennes du colimaçon.
Le langage de l'amour ravale Bacchus au rang de
brute.
Par sa valeur, n'est-il pas un Hercule
Escaladant perpétuellement les arbres des Hespé-
rides ?
Aussi subtil que le sphinx, aussi suave et mélodieux
Que le luth talentueux d'Apollon, tendu de ses
cheveux.
Et quand l'amour s'exprime, les voix de tous les dieux
Bercent le firmament de leur son harmonieux.
Jamais poète ne se risquerait à prendre la plume
Sans que son encre soit adoucie par les soupirs
d'amour.
Ses vers raviraient alors des oreilles barbares,

And plant in tyrants mild humanity.
From women's eyes this doctrine I derive :
They sparkle still the right Promethean fire;
They are the books, the arts, the academes,
That show, contain, and nourish all the world,
Else none at all in aught proves excellent.
Then fools you were these women to forswear;
Or keeping what is sworn, you will prove fools.
For wisdom's sake, a word that all men love;
Or for love's sake, a word that loves all men;
Or for men's sake, the authors of these women;
Or women's sake, by whom we men are men;
Let us once lose our oaths to find ourselves,
Or else we lose ourselves to keep our oaths.
It is religion to be thus forsworn;
For charity itself fulfils the law, —
And who can sever love from charity?

Et aux tyrans insuffleraient une tendre humanité.
Ce sont les yeux des femmes qui m'inspirent ce
   savoir,
Aussi étincelants que le feu de Prométhée.
Elles sont les livres, les arts, et les académies,
Qui révèlent, contiennent et nourrissent le monde
   entier,
Sans elles, nul ne peut exceller en rien.
Fous vous étiez de les bannir ainsi,
Ou fous vous seriez d'honorer votre serment.
Au nom de la sagesse, mot que tout homme adore,
Ou au nom de l'amour, mot qui adore tout homme,
Ou bien au nom de l'homme, géniteur de ces femmes,
Ou à celui des femmes, par qui, hommes, nous
   sommes des hommes,
Oublions nos serments pour nous trouver nous-
   mêmes,
Sinon nous nous perdrons pour respecter nos ser-
   ments.
C'est un acte sacré que se montrer ainsi parjures,
Car c'est la charité même qui a force de loi,
Et qui peut séparer amour et charité?

Traduction Claude Mourthé

ROMEO AND JULIET

ROMÉO ET JULIETTE

(1595)

Qui ne connaît leurs amours malheureuses? Immortelles au point qu'à Vérone les touristes visitent la maison de Juliette et s'attardent sous son balcon. La plus représentée, avec *Hamlet*, cette œuvre a inspiré entre autres l'opéra (Gounod), le ballet (Prokofiev), le *musical* et le cinéma, transposant le sujet à New York dans *West Side Story* (Bernstein). Shakespeare y met en scène deux familles, les Capulet et les Montague, ennemies au point de se battre fréquemment en duel à coups de rapière. Et voilà qu'au cours d'un bal chez les Capulet, où il s'est frauduleusement introduit, l'héritier de l'une tombe éperdument amoureux de l'héritière de l'autre, et réciproquement. Juliette ne connaît rien de la vie, Roméo est un jeune noceur qui sort d'une aventure amoureuse. Cependant, ainsi que le lui fait remarquer son ami Mercutio, un peu avant cette rencontre inattendue — et prohibée — lors du bal... A-t-on jamais annoncé l'approche imminente du coup de foudre avec plus de délicatesse que dans cette illustre *Ballade de la Reine Mab*, dont on ne connaît pas les origines mais qui fait désormais partie du folklore britannique?

ACT I, scene 4

MERCUTIO

O, then, I see Queen Mab hath been with you.
She's the fairies' midwife; and she comes
In shape no bigger than an agate-stone
On the fore-finger of an alderman,
Drawn with a team of little atomies
Athwart men's noses as they lie asleep:
Her wagon-spokes made of long spinner's legs;
The cover, of the wings of grasshoppers;
The traces, of the smallest spider's web;
The collars, of the moonshine's watery beams;
Her whip, of cricket's bone; the lash, of film;
Her wagoner, a small gray-coated gnat,
Not half so big as a round little worm
Prick'd from the lazy finger of a maid;
Her chariot is an empty hazel-nut,
Made by the joiner squirrel or old grub,
Time out o'mind the fairies' coachmakers.
And in this state she gallops night by night
Through lovers' brains, and then they dream of love;

ACTE I, scène 4

MERCUTIO

Alors, je vois que la Reine Mab t'a visité.
C'est l'accoucheuse des fées, et elle vient
Pas plus grosse qu'une agate à l'index d'un échevin,
Traînée par un attelage de petits atomes,
Se poser sur le nez des hommes quand ils dorment.
Les rayons des roues de son carrosse
Sont faits de longues pattes de faucheux,
La capote, d'ailes de sauterelles;
Les harnais, de la plus fine toile d'araignée,
Et le collier, de rayons humides de clair de lune;
Son fouet d'un os de grillon, la mèche d'un fil;
Son cocher, un petit moucheron de gris vêtu
Pas plus gros que la moitié du petit ver rond
Que l'on extrait du doigt paresseux d'une servante.
Son char est une noisette vide
Confectionnée par un écureuil menuisier
   ou par le vieux ciron
De temps immémorial le carrossier des fées.
En ces atours, nuit après nuit, elle galope
Dans les cerveaux des amoureux,
   et alors ils rêvent d'amour;

O'er courtiers' knees, that dream on court'sies straight;
O'er lawyers' fingers, who straight dream on fees;
O'er ladies' lips, who straight on kisses dream, —
Which oft the angry Mab with blisters plagues,
Because their breaths with sweetmeats tainted are:
Sometime she gallops o'er a courtier's nose,
And then dreams he of smelling out a suit;
And sometime comes she with a tithe-pig's tail
Tickling a parson's nose as 'a lies asleep,
Then dreams he of another benefice:
Sometime she driveth o'er a soldier's neck,
And then dreams he of cutting foreign throats,
Of breaches, ambuscadoes, Spanish blades,
Of healths five-fathom deep; and then anon
Drums in his ear, at which he starts, and wakes;
And, being thus frighted, swears a prayer or two,
And sleeps again. This is that very Mab
That plates the manes of horses in the night;
And bakes the elf-locks in foul sluttish hairs,
Which once entangled, much misfortune bodes:
This is the hag, when maids lie on their backs,
That presses them, and learns them first to bear,
Making them women of good carriage:
This is the —

ROMEO

Peace, peace, Mercutio, peace!
Thou talk'st of nothing.

Sur les genoux des courtisans
   qui vivement rêvent de courbettes;
Sur les doigts des hommes de loi,
   qui aussitôt songent à des honoraires;
Et sur les lèvres des dames, qui à l'instant rêvent de
   baisers,
Ces lèvres que Mab, furieuse, couvre d'ampoules
Car leur haleine par les douceurs est empestée;
Parfois elle galope sur le nez d'un huissier
Et lui de rêver qu'il flaire un bon procès;
Parfois, avec la queue d'un cochon de la dîme,
Elle chatouille le nez d'un ecclésiastique, quand il
   dort,
Et lui reçoit en rêve un nouveau bénéfice;
Parfois elle s'enroule au cou d'un soldat,
Il rêve alors qu'il coupe des gorges étrangères,
Voit brèches, embuscades, et lames espagnoles,
Boit des rasades de cinq brasses; quand, plus tard,
Le tambour bat à son oreille, il tressaille, se réveille
Et ainsi effrayé profère une prière ou deux
Et se rendort. C'est toujours cette même Mab
Qui plaque la crinière des chevaux la nuit
Et dans leurs poils malpropres tresse des nœuds
   magiques,
Qui débrouillés font arriver de grands malheurs.
C'est la sorcière, quand les filles sont sur le dos,
Qui les presse et leur apprend à endurer la première
   fois,
Faisant d'elles des femmes de bonne charge!
C'est encore elle...

ROMÉO

      Ah! paix, Mercutio, paix!
Tu parles de riens.

MERCUTIO

   True, I talk of dreams;
Which are the children of an idle brain,
Begot of nothing but vain fantasy,
Which is as thin of substance as the air;
And more inconstant than the wind, who wooes
Even now the frozen bosom of the north;
And, being anger'd, puffs away from hence,
Turning his face to the dew-dropping south.

ACT III, scene 2

JULIET

Gallop apace, you fiery-footed steeds,
Towards Phœbus' lodging : such a wagoner
As Phæton would whip you to the west,
And bring in cloudy night immediately. —

MERCUTIO

Il est vrai, c'est de rêves
Qui sont enfants d'un cerveau paresseux,
Enfants de rien sinon de vaine fantaisie,
D'une substance aussi fine que l'air,
Et plus inconstante que le vent qui caresse
En ce moment même le sein glacé du nord
Et, irrité, souffle bien loin d'ici
Vers le sud dégouttant de rosée.

Les deux jeunes gens se marient en secret avec la bénédiction de Frère Laurent, qui espère ainsi réconcilier les deux clans. Malheureusement, une nouvelle échauffourée provoque la mort de Mercutio. Roméo le venge en tuant à son tour Tybalt, cousin de Juliette, et se trouve obligé de fuir vers Mantoue, alors que, ne sachant encore ce qui s'est passé, la jeune épousée attend fiévreusement celui qu'elle aime.

ACTE III, scène 2

JULIETTE

Galopez vite, ô vous coursiers aux pieds de feu,
Vers la demeure de Phœbus. Un conducteur
Comme Phaéton vous eût fouettés vers l'ouest
Et eût précipité déjà la nuit nuageuse.

Spread thy close curtain, love-performing night,
That rude day's eyes may wink, and Romeo
Leap to these arms untalk'd and unseen. —
Lovers can see to do their amorous rites
By their own beauties; or, if love be blind,
It best agrees with night. — Come, civil night,
Thou sober-suited matron, all in black,
And learn me how to lose a winning match,
Play'd for a pair of stainless maidenhoods :
Hood my unmann'd blood, bating in my cheeks,
With thy black mantle; till strange love, grown bold,
Think true love acted simple modesty.
Come, night; — come, Romeo, — come, thou day
    in night;
For thou wilt lie upon the wings of night
Whiter than snow upon a raven's back. —
Come, gentle night, come, loving, black-brow'd night,
Give me my Romeo; and, when he shall die,
Take him and cut him out in little stars,
And he will make the face of heaven so fine,
That all the world will be in love with night,
And pay no worship to the garish sun. —
O, I have bought the mansion of a love,
But not possess'd it; and, though I am sold,
Not yet enjoy'd : so tedious is this day,
As is the night before some festival
To an impatient child that hath new robes
And may not wear them.

Déploie ton épais rideau, nuit qui accomplis les
    amours,
Que le fruste jour abaisse sa paupière et que Roméo
Ni entendu ni vu s'élance dans mes bras.
Les amants y voient clair pour leurs rites d'amour
Par leur beauté même ; ou bien, s'il est aveugle,
L'amour s'accorde avec la nuit. Viens, courtoise nuit,
Toi, matrone sobrement vêtue de noir,
Apprends-moi comment perdre une partie gagnée
Dont les enjeux sont deux virginités sans tache ;
Et mon sang mal apprivoisé, qui bat à mes joues,
Couvre-le de ton noir manteau, jusqu'à ce que
L'amour inconnu, devenant audacieux,
Voie comme un acte de modestie l'acte d'amour.
Viens, nuit ! Viens, Roméo, toi, jour dans la nuit,
Car sur les ailes de la nuit tu reposeras
Plus blanc que neige sur le dos d'un corbeau.
Viens, gentille nuit ! Nuit aimante, au front sombre,
Donne-moi mon Roméo ; et quand il devra mourir,
Prends-le et découpe-le en petites étoiles
Et la face du ciel il la fera si belle
Que l'univers entier s'éprendra de la nuit
Et ne paiera plus son tribut au soleil éclatant.
Oh ! j'ai acheté la demeure d'un amour,
Mais sans la posséder, et bien que je sois vendue,
Je ne suis pas prise encore ; aussi ennuyeux est ce
    jour
Que la soirée avant quelque fête
Pour l'impatiente enfant ayant des robes neuves
Mais sans la permission de les porter.

ACT III, scene 5

JULIET

Wilt thou be gone? it is not yet near day:
It was the nightingale, and not the lark,
That pierc'd the fearful hollow of thine ear;
Nightly she sings on yon pomegranate-tree:
Believe me, love, it was the nightingale.

ROMEO

It was the lark, the herald of the morn,
No nightingale: look, love, what envious streaks
Do lace the severing clouds in yonder east:
Night's candles are burnt out, and jocund day
Stands tiptoes on the misty mountain tops.
I must be gone and live, or stay and die.

JULIET

Yon light is not day-light, I know it, I:
It is some meteor that the sun exhales,
To be to thee this night a torch-bearer
And light thee on thy way to Mantua:
Therefore stay yet, — you need'st not to be gone.

Malgré les dangers et son bannissement par le Prince, Roméo, avec la complicité de Frère Laurent, toujours, et de la nourrice des Capulet, parvient à rejoindre Juliette pour ce qui sera leur première et seule nuit d'amour, moment unique dont les deux jeunes époux voudraient qu'il ne finisse jamais.

ACTE III, scène 5

JULIETTE

Tu veux partir ? Ce n'est pas près d'être le jour.
C'était le rossignol et non pas l'alouette
Qui a percé ton oreille craintive ;
Il chante la nuit sur ce grenadier ;
Crois-moi, amour, c'était le rossignol.

ROMÉO

C'était l'alouette, messagère d'aurore,
Et non le rossignol : vois quelles raies jalouses, amour,
Sépare les nuages à l'orient lointain ;
Les flambeaux de la nuit sont éteints, le gai matin
Avance à pas de loup sur les cimes embrumées.
Il faut partir et vivre, ou rester et mourir.

JULIETTE

Cette clarté n'est pas le jour, moi je le sais.
C'est quelque météore que le soleil exhale
Pour qu'il soit ton porteur de torche en cette nuit
Et t'éclaire sur la route de Mantoue.
Oh ! reste. Tu ne dois pas partir encore.

ROMEO

Let me be ta'en, let me be put to death :
I am content, so thou wilt have it so.
I'll say yon gray is not the morning's eye,
'Tis but the pale reflex of Cynthia's brow;
Nor that is not the lark, whose notes do beat
The vaulty heaven so high above our heads :
I have more care to stay than will to go : —
Come, death, and welcome! Juliet wills it so. —
How is't my soul? let's talk, — it is not day.

JULIET

It is, it is, — hie hence, be gone, away!
It is the lark that sings so out of tune,
Straining harsh discords and unpleasing sharps.
Some say the lark makes sweet division;
This doth not so, for she divideth us :
Some say the lark and loathed toad change eyes;
O, now I would they had change voices too!
Since arm from arm that voice doth us affray,
Hunting thee hence with hunt's-up to the day.
O, now be gone; more light and light it grows.

ROMEO

More light and light, — more dark and dark our woes.

ROMÉO

Que je sois donc saisi et mis à mort :
Je suis heureux, si c'est ta volonté.
Je dirai que ce gris n'est pas l'œil du matin
Mais seulement le pâle reflet du front de Cynthia ;
Et ce n'est pas non plus l'alouette qui bat de ses
    notes
Le ciel voûté si haut sur nos têtes.
J'ai plus désir de rester que volonté de partir :
Viens, mort, sois bienvenue ! Juliette le veut ainsi ;
Comment vas-tu, mon âme ? Parlons. Il n'est pas
    jour.

JULIETTE

Il l'est, il l'est ! Fuis, va-t'en, va-t'en vite !
C'est bien l'alouette qui chante tellement faux
Qu'elle force sa note aiguë en accords dissonants.
On dit que son chant rend douces les séparations,
Pas celle-ci puisque c'est nous qu'elle sépare ;
On dit que l'alouette et le hideux crapaud
Échangent leurs yeux ; maintenant je voudrais
Qu'ils eussent fait aussi l'échange de leurs voix,
Puisque cette voix nous arrache des bras l'un de
    l'autre,
Et te chasse d'ici par la trompe du jour.
Oh ! pars. Il fait plus clair, toujours plus clair.

ROMÉO

Plus clair, toujours plus clair ;
Plus noire, toujours plus noire, notre désolation !

Traduction Pierre-Jean Jouve et Georges Pitoëff

Roméo part enfin. Pour échapper à son mariage imminent, et voulu par ses parents, avec Pâris, Juliette feint de s'empoisonner. Roméo la croit morte. Un courrier qui s'est égaré ne peut le détromper. Revenu à Vérone, après un duel avec Pâris, qu'il tue, il se donne la mort sur le tombeau de Juliette alors que celle-ci revient à la vie. Elle se poignardera sur le corps de son époux.

RICHARD II

RICHARD II

(1595)

Historiquement, Richard (1367-1400) est le prédécesseur immédiat d'Henry IV, auparavant Bolingbroke, duc de Hereford, qu'il a dépouillé de son héritage. Il a régné de 1377 à 1399. C'est une personnalité psychologiquement fragile, un peu le cousin d'Hamlet, que ses adversaires, y compris l'archevêque de Cantorbéry, contraignent à renoncer au trône.

La pièce, qui retrace donc sa destitution, sa condamnation à la prison perpétuelle et, pour finir, son assassinat, bénéficie d'une célébrité supplémentaire: reprise en 1601 à l'instigation du comte d'Essex, favori de la reine mais en rébellion contre celle-ci, elle a été plus ou moins la cause de sa disgrâce définitive et de son exécution à la Tour de Londres. Comment Elizabeth Ire pouvait-elle accepter qu'on l'invite avec aussi peu d'élégance à quitter le pouvoir?

Au dernier acte de ce drame historique, voici le long monologue du roi prisonnier, le dernier des rois médiévaux, responsable devant Dieu seul, avant l'instauration d'un ordre nouveau.

Sa plus belle interprétation en France, avant Patrice Chéreau, a été celle de Jean Vilar, création au Théâtre de la Cité Jardins de Suresnes en 1953 avant même l'installation de TNP à Chaillot.

Le rôle a été repris ensuite par Gérard Philipe.

ACT V, scene 5

RICHARD

I have been studying how I may compare
This prison where I live unto the world;
And for because the world is populous
And here is not a creature but myself
I cannot do it. Yet I'll hammer it out.
My brain I'll prove the female to my soul,
My soul the father, and these who beget
A generation of still breeding thoughts,
And these same thoughts people this little world
In humours like the people of this world,
For no thought is contented. The better sort,
As thoughts of things divine, are intermixed
With scruples, and do set the word itself
Against the word
As thus : "Come little ones"; and then again,
"It is as hard to come as for a camel
To thread the postern of a small needle's eye."
Thoughts tending to ambition, they do plot

ACTE V, scène 5

RICHARD

J'ai bien étudié comment je pourrais comparer
Avec le monde cette prison où je vis ;
Mais comme le monde est populeux
Et qu'ici il n'y a pas d'autre créature que moi-même,
Je ne le puis. Pourtant, je trouverai.
De ma cervelle je ferai la femelle de mon esprit,
Mon esprit sera le père et ces deux-là engendreront
Une génération de pensées se reproduisant sans cesse,
Et ces mêmes pensées peupleront ce petit monde,
Semblables en leurs humeurs au peuple de ce monde ;
Car nulle pensée ne trouve en soi sa plénitude.
   Les meilleures,
Celles ayant trait aux choses divines, sont pétries
De doutes, et dressent le Verbe
Contre le Verbe,
Ainsi « Laissez venir à moi les petits enfants » s'op-
   pose à :
« Il est aussi difficile d'entrer dans le royaume des
   cieux qu'à un chameau
De passer par le chas d'une aiguille ».
Quant aux pensées qui tendent vers l'ambition, elles
   trament

Unlikely wonders : how these vain weak nails
May tear a passage through the flinty ribs
Of this hard world my ragged prison walls,
And, for they cannot, die in their own pride.
Thoughts tending to content flatter themselves
That they are not the first of Fortune's slaves,
Nor shall not be the last like silly beggars —
Who, sitting in the stocks, refuge their shame
That many have and others must set there,
And in this thought they find a kind of ease,
Bearing their own misfortunes on the back
Of such as have before endured the like.
Thus play I in one person many people,
And none contented. Sometimes am I King,
Then treasons make me wish myself a beggar,
And so I am. The crushing penury
Persuades me I was better when a king;
Then am kinged again, and by and by
Think that I am unkinged by Bolingbroke,
And straight am nothing. But whate'er I be
Nor I nor any man that but man is
With nothing shall be pleased till he be eased
With being nothing.

D'impossibles prodiges : comment ces pauvres ongles
   sans force
Peuvent creuser un passage à travers les flancs de
   pierre
De cet âpre monde, les murs rugueux de ma prison,
Et n'y parvenant pas, meurent dans la fleur de leur
   orgueil.
Les pensées qui tendent à la sérénité se flattent
De ce que nous ne sommes pas les premiers esclaves
   de la fortune,
Ni les derniers — tels ces mendiants simples d'esprit
Qui, mis au pilori, s'abritent de leur disgrâce,
En songeant que bien d'autres y furent mis et que
   d'autres y viendront ;
Et dans cette pensée trouvent une forme de soula-
   gement,
Portant leur propre infortune sur le dos
De ceux qui avant eux ont enduré la même.
Ainsi à moi tout seul je joue maints personnages,
Dont aucun n'est content. Parfois je suis roi,
Alors les trahisons me font souhaiter d'être un
   mendiant,
Et c'est ce que je suis. La cruelle indigence
Me persuade que j'étais mieux quand j'étais roi ;
Alors je suis roi de nouveau, et bientôt
Je pense que je suis détrôné par Bolingbroke,
Et aussitôt je ne suis plus rien. Mais qui que je sois,
Ni moi ni aucun autre homme n'étant qu'un homme,
Ne sera satisfait de rien jusqu'à ce qu'il soit soulagé
De n'être rien.

Traduction Jean-Michel Déprats

A MIDSUMMER-NIGHT'S DREAM
LE SONGE D'UNE NUIT D'ÉTÉ

(1595)

Représentée pour la première fois en janvier de cette année-là
aux noces d'Elizabeth Vere, fille du comte d'Oxford, et du comte
de Derby au palais de Greenwich, en présence de la reine, c'est
une pièce de commande, écrite en quelques jours, et probable-
ment la plus délicieuse des œuvres de Shakespeare, à qui on pourrait attribuer l'invention de la comédie-ballet: chant, intermèdes,
ballets, déguisements se succèdent dans cette féerie où s'affron-
tent Obéron et Titania, respectivement roi et reine des fées. Une
cohorte de seconds rôles, populaires, accompagnent les protago-
nistes et interprètent une pièce dans la pièce: *Pyrame et Thisbé*.
L'action évolue ainsi selon trois registres différents: la Cour, celle
du roi Thésée, le royaume des fées, et le vulgaire, représenté par
les interprètes de Pyrame et Thisbé. Mais le véritable roi de la
fête, c'est Puck, le lutin au service d'Obéron. Ne lance-t-il pas
«Dieu, qu'ils sont fous, ces mortels!» avant de s'amuser de
l'aventure de Titania avec Bottom, tisserand de son état, et affublé
d'une tête d'âne?

ACT III, scene 2

My mistress with a monster is in love :
Near to her close and consecrated bower,
While she was in her dull and sleeping hour,
A crew of patches, rude mechanicals,
That work for bread upon Athenian stalls,
Were met together to rehearse a play,
Intended for great Theseus' nuptial day.
The shallowest thick-sin of that barren sort,
Who Pyramus presented in their sport,
Forsook his scene, and enter'd in a brake,
When I did him at this advantage take :
An ass's nowl I fixed on his head.
Anon, his Thisbe must be answered,
And forth my mimic comes. When they him spy,
As wild geese that the creeping fowler eye,
Or russed-pated choughs, many in sort
(Rising, and cawing, at the gun's report),
Sever themselves, and madly sweep the sky,
So, at this sight, away his fellows fly,

ACTE III, scène 2

PUCK

Ma maîtresse est amoureuse d'un monstre :
Tout près de sa charmille solitaire et sacrée,
À son heure engourdie et somnolente,
Une équipe de lourdauds, de frustes artisans,
Qui travaillent pour gagner leur pain dans les
    échoppes d'Athènes,
S'étaient réunis pour répéter une pièce,
Prévue pour le jour nuptial du grand Thésée.
Le balourd le plus écervelé de cette bande d'idiots,
Qui représentait Pyrame dans leur spectacle,
Quitta la scène, et entra dans un fourré,
Quand je lui procurai cet avantage
D'une caboche d'âne que je plantai sur son crâne.
Bientôt, lorsqu'il doit donner la réplique à Thisbé,
Mon pitre s'avance. Lorsqu'ils l'aperçoivent,
Telles des oies sauvages voyant ramper l'oiseleur,
Ou telles des corneilles à tête grise, en vol
    groupé,
(S'élevant et croassant au bruit du coup de feu),
Qui se dispersent, et balaient follement le ciel,
Ainsi, à sa vue, ses camarades s'enfuient,

And at our stamp, here o'er and o'er one falls;
He murder cries, and help from Athen calls.
Their senses thus weak, lost with their fears thus
    strong,
Made senseless things begin to do them wrong:
For briars and thorns at their apparel snatch,
Some sleeves, some hats, from yielders all things catch.
I led them on in this distracted fear,
And left sweet Pyramus translated there,
When in that moment (so it came to pass)
Titania wak'd, and straightway lov'd an ass.

ACT IV, scene 1

TITANIA

Come, sit thee down upon this flowery bed,
While I thy amiable cheeks do coy,

Nous tapons du pied, ils dégringolent l'un sur l'autre ;
L'un crie au meurtre, et appelle Athènes au secours.
Leur raison si faible, égarée par leur frayeur si forte,
Fait que les choses inanimées se mettent à leur faire
    du tort :
Les ronces et leurs épines agrippent leurs habits,
Certains perdent des manches, d'autres des cha-
    peaux, tout agresse les peureux.
Je les ai emmenés dans cette frayeur folle,
Laissant là le cher Pyrame transfiguré,
Lorsqu'à ce moment-là (comme par hasard)
Titania s'éveilla, et aussitôt aima un âne.

Traduction Jean-Michel Déprats

Il est vrai qu'elle l'a aimé, sans doute, puisque c'est dans les bras de Bottom qu'elle s'éveille, et dans cette merveilleuse forêt où ils se reposent tous deux, sous l'œil observateur d'Obéron ; ils sont entourés de sylphes porteurs de noms bizarres — Fleur des Pois, Toile d'Araignée, Phalène, Grain de Moutarde —, et aussi d'un cortège de fées. Le grand peintre Füssli et d'autres artistes, dont Mendelssohn et Benjamin Britten en musique, se sont inspirés de cette imagerie célèbre.

ACTE IV, scène 1

TITANIA

Viens t'asseoir sur ce lit de fleurs, que je caresse tes
joues charmantes,

And stick musk-roses in thy sleek smooth head,
And kiss thy fair large ears, my gentle joy.

BOTTOM

Where's Peas-blossom?

PEAS

Ready.

BOTTOM

Scratch my head, Peas-blossom. — Where's Monsieur
Cobweb?

COBWEB

Ready.

BOTTOM

Monsieur Cobweb, good mounsieur, get your weapons
in your hands, and kill me a red-hipp'd humble-bee on
the top of a thistle; and, good monsieur, bring me the
honey-bag. Do not fret yourself too much in the action,
monsieur; and, good monsieur, have a care the honey-
bag break not; I would be loath to have you overflown
with a honey-bag, signior. — Where's Monsieur Mustard-seed?

MUSTARD

Ready.

BOTTOM

Give me your neaf, Monsieur Mustard-seed. Pray you,
leave our courtesy, good monsieur.

que je coiffe de roses ta tête si douce, et que je baise
tes belles, tes longues oreilles, mon bien-aimé.

BOTTOM

Où est Fleur des Pois?

FLEUR DES POIS

Me voici.

BOTTOM

Gratte-moi la tête, Fleur des Pois. Où est monsieur
Toile d'Araignée?

TOILE D'ARAIGNÉE

Me voici.

BOTTOM

Monsieur Toile d'Araignée, mon bon monsieur, prenez vos armes en main et allez donc me tuer un
bourdon au corset rouge, là-bas, sur la pointe de ce
chardon. Et apportez-moi son sac à miel. Tâchez de
ne pas vous démener, et surtout de ne pas renverser
sur vous le contenu du sac à miel. Où est monsieur
Grain de Moutarde?

GRAIN DE MOUTARDE

Il est là.

BOTTOM

Donnez-moi votre bras, monsieur Grain de Moutarde. Et je vous en prie, mon bon monsieur, pas de
cérémonie entre nous.

MUSTARD

What's your will?

BOTTOM

Nothing, good monsieur, but to help Cavalery Peas-blossom to scratch. I must to the barber's, monsieur; for methinks I am marvellous hairy about the face; and I am such a tender ass, if my hair do but tickle me, I must scratch.

TITANIA

What, wilt thou hear some music, my sweet love?

BOTTOM

I have a reasonable good ear in music : let us have the tongs, and the bones.

TITANIA

Or say, sweet love, what thou desir'st to eat.

BOTTOM

Truly, a peck of provender : I could munch your good dry oats. Methinks I have a great desire to a bottle of hay : good hay, sweet hay hath no fellow.

GRAIN DE MOUTARDE

Quels sont vos ordres ?

BOTTOM

Aucun, mon bon monsieur. Ou plutôt si. Vous allez vous joindre au caballero Fleur des Pois pour me gratter. Il faudra tout de même que je passe chez le barbier. M'est avis que j'ai le visage prodigieusement poilu. Et je suis un âne terriblement sensible, vous savez ! Pour peu qu'un poil me démange, il me faut me gratter.

TITANIA

Te plairait-il d'entendre un peu de musique, mon doux amour ?

BOTTOM

J'ai l'oreille assez musicienne : qu'on nous donne pincettes et os[1].

TITANIA

Et que désires-tu manger ?

BOTTOM

Moi ? Un bon petit picotin d'avoine. Mais je mâcherais bien de l'avoine bien sèche. Et, là-dessus, du foin. Une bonne grosse botte de foin bien frais, dont j'ai grande envie et qui sente bon. Je ne connais rien qui approche de ça.

---

1. On frappait les pincettes avec une tige de métal, les os servaient de castagnettes.

TITANIA

I have a venturous fairy that shall seek
The squirrel's hoard, and fetch thee thence new nuts.

BOTTOM

I had rather have a handful or two of dried peas.
But, I pray you, let none of your people stir me :
I have an exposition of sleep come upon me.

TITANIA

Sleep thou, and I will wind thee in my arms. —
Fairies, be gone, and be always away.

Exeunt Fairies.

So doth the woodbine the sweet honeysuckle
Gently entwist; the female ivy so
Enrings the barky fingers of the elm.
O, how I love thee ! how I dote on thee !

They sleep.

TITANIA

J'ai une fée aventureuse qui sait fureter dans les branches, et grimper au grenier de l'écureuil. Elle te rapportera des noix vertes.

BOTTOM

J'aimerais mieux une poignée de pois secs. Mais je vous en prie, que personne de votre monde ne vienne me déranger. Je sens venir une inclination au sommeil.

TITANIA

Dors, et je vais t'enfermer dans mes bras.
Eh bien, vous les fées, allez ! Et disparaissez !

Les fées sortent.

C'est ainsi que la vigne enlace tendrement
Le chèvrefeuille, et que le lierre femelle
Passe doucement son anneau au doigt de l'orme.
Oh ! comme je t'aime ! Comme je suis folle de toi !

Ils s'endorment.

Traduction Georges Neveux

THE MERCHANT OF VENICE

LE MARCHAND DE VENISE

(1596)

Quoique en petit nombre, les juifs, faisant surtout profession d'usuriers, interdite aux chrétiens, n'avaient pas très bonne réputation à Londres sous le règne d'Elizabeth. Ils étaient même persécutés : pendaisons, pogroms, sévices envers maisons et familles étaient monnaie courante, surtout quand on les accusait d'en fabriquer de la fausse. En 1594, le propre médecin de la reine, un juif portugais du nom de Lopez, fut écartelé sur l'accusation d'avoir conspiré… avec l'Espagne, à la suite d'un procès retentissant. Mais si Shakespeare en met un en scène, entre deux autres comédies, ce n'est avec aucune pensée antisémite. Du reste, la république de Venise, où se passe l'affaire, n'était-elle pas aux yeux de tous un modèle de démocratie et de tolérance ?

Certes, Shylock a les défauts que l'on attribuait à l'époque à sa « race » : cupide, parfois cruel, n'hésitant pas à marchander un prêt à un riche négociant, Antonio, contre une livre de chair de son débiteur s'il lui fait défaut, il offre aussi le triste visage d'un exclu et, pire, d'un père bafoué puisque sa fille s'enfuit, en compagnie d'un goy, qui plus est, en emportant bijoux et argent.

Voici ce qu'il dit d'Antonio, son rival, et comment, par avance, il se justifie du marché conclu.

ACT III, scene 1

He hath disgraced me, and hindered me half a million;
laughed at my losses, mocked at my gains, scorned my
nation, thwarted my bargains, cooled my friends, heated
my enemies; and what's his reason? I am a Jew. Hath
not a Jew eyes? hath not a Jew hands, organs, dimensions, senses, affections, passions? fed with the same
food, hurt with the same weapons, subject to the same
diseases, healed by the same means, warmed and cooled
by the same winter and summer, as a Christian is? If
you prick us, do we not bleed? if you tickle us, do we
not laugh? if you poison us, do we not die? and if you
wrong us, shall we not revenge? if we are like you in the
rest, we will resemble you in that. If a Jew wrong a
Christian, what is his humility? revenge. If a Christian
wrong a Jew, what should his sufferance be by Christian example?

ACTE III, scène 1

Il m'a couvert d'opprobre, il m'a fait tort d'un demi-million, a ri de mes pertes, s'est moqué de mes gains, a méprisé ma nation, fait échouer mes marchés, refroidi mes amis, échauffé mes ennemis ; et pour quelle raison ?... Je suis juif ! Un juif n'a-t-il pas des yeux ? Un juif n'a-t-il pas des mains, des organes, des dimensions, des sens, des affections, des passions ? N'est-il pas nourri de la même nourriture, blessé par les mêmes armes, sujet aux mêmes maladies, guéri par les mêmes moyens, échauffé et refroidi par le même été et le même hiver qu'un chrétien ? Si vous nous piquez, est-ce que nous ne saignons pas ? Si vous nous chatouillez, est-ce que nous ne rions pas ? Si vous nous empoisonnez, est-ce que nous ne mourons pas ? Et si vous nous outragez, est-ce que nous ne nous vengerons pas ? Si nous sommes comme vous quant au reste, nous vous ressemblerons aussi en cela. Quand un chrétien est outragé par un juif, où met-il sa tolérance ? À se venger. Quand un juif est outragé par un chrétien, où doit-il, d'après l'exemple chrétien, placer sa tolérance ?

why, revenge. The villainy you teach me, I will execute;
and it shall go hard but I will better the instruction.

ACT IV, scene 1

PORTIA

The quality of mercy is not strain'd, —
It dropped as the gentle rain from heaven
Upon the place beneath : it is twice bless'd, —
It blesseth him that gives, and him that takes :
'Tis mightiest in the mightiest : it becomes
The throned monarch better than his crown;
His sceptre shows the force of temporal power,
The attribute to awe and majesty,
Wherein doth sit the dread and fear of kings;
But mercy is above this sceptred sway, —
It is enthroned in the hearts of kings,
It is an attribute to God himself;
And earthly power doth then show likest God's
When mercy seasons justice. Therefore, Jew,

Eh bien, à se venger ! L'ignominie que vous m'enseignez, je la pratiquerai, et malheur à moi si je ne fais pas mieux que ce que vous m'avez appris.

Il faut trancher, au sens figuré du terme, pour la livre de chair que réclame Shylock. Et peut-être au sens propre, si le tribunal devant lequel comparaissent les deux parties lui donne raison. C'est alors qu'intervient Portia, une riche héritière déguisée en avocat, qui débute sa plaidoirie en faisant l'éloge de la clémence.

ACTE IV, scène 1

PORTIA

La clémence ne se commande pas. Elle tombe du ciel, telle une pluie douce, sur le lieu qu'elle domine ; double bienfaisance, elle fait du bien à celui qui l'accorde comme à celui qui la reçoit. Elle est la puissance des puissances. Elle sied aux monarques sur leur trône, mieux que leur couronne. Leur sceptre représente la force du pouvoir temporel, il est l'attribut de l'épouvante et de la majesté dont émanent le respect et la terreur des rois. Mais la clémence est au-dessus de l'autorité du sceptre, elle trône dans le cœur des rois, elle est l'attribut de Dieu même ; et le pouvoir terrestre qui ressemble le plus à celui de Dieu est celui qui tempère la justice par la clémence. Ainsi, juif,

Though justice be thy plea, consider this, —
That, in the course of justice, none of us
Should see salvation : we do pray for mercy;
And that same prayer doth teach us all to render
The deeds of mercy. I have spoke thus much
To mitigate the justice of thy plea;
Which if thou follow, this court of Venice
Must needs give sentence 'gainst the merchant there.

bien que tu réclames justice, considère ceci : qu'avec la stricte justice, nul d'entre nous n'obtiendrait le salut. C'est la clémence qu'invoque la prière, et c'est la même prière qui nous enseigne à tous à faire acte de clémence. Ce que je viens de dire est pour mitiger le bien-fondé de ta cause; si tu persistes, le tribunal de Venise n'a plus qu'à prononcer sa sentence contre ce marchand.

Traduction François Victor Hugo

Shylock persiste, en effet: il veut son dû. Antonio se prépare déjà au sacrifice. C'est compter sans l'habileté de Portia: le juif peut prélever la livre de chair, mais sans verser une goutte de sang chrétien, ou ses biens seront confisqués au profit de l'État. Il renonce... et pour la peine, sera baptisé.

MUCH ADO ABOUT NOTHING
BEAUCOUP DE BRUIT POUR RIEN

(1598)

Une des comédies romanesques de Shakespeare les mieux réussies, celle des fausses apparences. Béatrice et Bénédict, célibataires endurcis, sont cousins, ce qui ne les empêche pas de se disputer continuellement comme chien et chat. À l'occasion des épousailles de ces deux tourtereaux que sont Hero et Claudio, ils se livrent à de multiples affrontements dont on ne tarde pas à penser qu'il s'agit simplement d'une joute amoureuse. Ce que ne manquera pas de confirmer, à la suite de quelques stratagèmes fomentés par l'entourage des jeunes gens, la conclusion de cette pièce.

Beaucoup de bruit pour rien, en effet.

Elle a tenté les plus grands acteurs, ainsi qu'un célèbre compositeur, Hector Berlioz, et reste l'un des grands succès de Kenneth Branagh au cinéma, associé à son épouse d'alors, Emma Thompson, car sa qualité première est la vivacité des dialogues et des monologues, ainsi que la vérité humaine, et l'humour — le *wit* —, des personnages. Et aussi, il faut le souligner, la farouche prise de position de Béatrice et Bénédict, gens de cœur, contre les conventions et les idées reçues.

Au premier acte, le monologue de Bénédict, misogyne au plus haut degré, semble faire réponse à celui de Catharina dans *La Mégère apprivoisée*.

ACT II, scene 3

BENEDICT

I do much wonder that one man, seeing how much
another man is a fool when he dedicates his behaviours
to love, will, after he hath laughed at such shallow fol-
lies in others, become the argument of his own scorn by
falling in love: and such a man is Claudio. I have
known when there was no music with him but the
drum and the fife; and now had he rather hear the
tabor and the pipe; I have known when he would have
ten miles a-foot to see a good armour; and now will he
lie ten nights awake, carving the fashion of a new dou-
blet. He was wont to speak plain and on the purpose,
like an honest man and a soldier; and now he is turned
orthographer; his words are a very fantastical banquet,
— just so many strange dishes. May I be so converted,
and see with these eyes? I cannot tell; I think not: I
will not be sworn but love may transform me to an oyster; but I'll take my oath on it, till we have made an
oyster of me, he shall never make me such a fool. One
woman is fair, — yet I am well; another is wise, — yet
I am well;

ACTE II, scène 3

BÉNÉDICT

Je suis fort étonné qu'un homme, voyant un autre homme pris de folie quand il consacre sa vie à l'amour, devienne, après s'être moqué de cette creuse lubie chez les autres, l'objet de son propre mépris en tombant lui-même amoureux. C'est le cas de Claudio. Je l'ai connu quand il n'y avait pour lui d'autre musique que fifre et tambour, et maintenant il leur préfère tambourin et pipeau. Il aurait parcouru dix miles à pied pour voir une belle armure, et le voilà qui passe dix nuits blanches à s'échiner sur la façon d'un pourpoint neuf. Son habitude était de parler net et à propos, en honnête homme et en soldat : le voilà qui s'adonne au beau langage ; ce qu'il dit devient un extraordinaire festin, où les mots sont des mets très étranges. Pourrais-je, moi, changer ainsi, et voir avec ces yeux-là ? Je ne puis le dire, mais je ne le crois pas. Je ne jure de rien sinon que l'amour ne pourra me transformer en mollusque, mais j'en fais le serment : tant que cela ne sera pas, il ne fera pas de moi un tel fou. Celle-ci est belle, fort bien. Celle-là est sage, fort bien.

another virtuous, — yet I am well : but till all graces be in one woman, one woman shall not come in my grace. Rich she shall be, that's certain; wise, or I'll none; virtuous, or I'll never cheapen her; fair, or I'll never look on her; mild, or come not near me; noble, or not I for an angel; of good discourse, an excellent musician, and her hair shall be of what colour it please God.

Cette autre, vertueuse, parfait. Mais tant qu'une femme ne réunira pas en elle toutes ces qualités, elle ne trouvera pas grâce à mes yeux. Riche elle doit être, c'est certain. Sage, ou je n'en veux pas. Vertueuse, ou je n'en ferai aucun cas. Belle, ou je ne lui accorderai pas un regard. Douce, ou qu'elle n'approche pas de moi. Et de noble naissance, ou je n'en veux pas même si elle est un ange. D'une conversation agréable, excellente musicienne. Et pour sa chevelure, qu'elle soit encore de la couleur dont il a plu à Dieu de la gratifier.

Traduction Claude Mourthé

HENRY THE FIFTH

HENRY V

(1599)

Au printemps 1414, l'ex-prince Hal d'*Henry IV*, devenu roi, se prépare à envahir la France, dont il dispute la souveraineté à Charles VI. Ce qui nous mène à Azincourt le 25 octobre 1415, où les archers anglais ont raison des trop fougueux chevaliers français. C'est donc à un spectacle à la fois politique et épique, brillamment illustré au cinéma par Laurence Olivier puis Kenneth Branagh, que nous invite le Prologue au début de ce nouveau drame historique. Deuxième en longueur après le rôle-titre (223 vers), il est l'illustration parfaite de la dramaturgie élisabéthaine qui, souvent, et particulièrement chez Shakespeare, promenait le spectateur aux quatre coins du monde. Pas de décors, nous le savons : un plateau nu sur quatre piliers avançant telle une proue au milieu du public, avec à l'arrière une construction à balconnet servant tout à la fois aux musiciens et à certaines péripéties (le balcon de Juliette, les remparts d'Orléans dans *Henry VI*, ceux d'Elseneur dans *Hamlet*). Le Prologue, parfois le Chœur, interprété au contraire du chœur antique par un seul acteur, s'avance à l'avant-scène et, s'adressant directement à ce public qui ne demande qu'à s'émerveiller, lui demande d'imaginer les lieux où va se situer l'action, dont il annonce également les grands traits. Grâce à cette remarquable économie de moyens, alors que le cinéma était loin d'avoir pris naissance, existe-t-il plus bel exemple à rêver et à s'enthousiasmer ?

Enter PROLOGUE

O for a muse of fire, that would ascend
The brightest heaven of invention :
A kingdom for a stage, princes to act,
And monarchs to behold the swelling scene.
Then should the warlike Harry, like himself,
Assume the port of Mars, and at his heels
(Leash'd in like hounds) should famine, sword, and fire
Crouch for employment. But pardon, gentles all,
The flat unraised spirits that hath dar'd,
On this unworthy scaffold, to bring forth
So great an object. Can this cock-pit hold
The vasty fields of France? Or may we cram
Within this wooden O the very casques
That did affright the air at Agincourt?
O pardon : since a crooked figure may
Attest in little place a million,

Entre LE PROLOGUE

Oh ! je voudrais une muse de feu, qui s'élèverait
Au ciel le plus radieux de l'imagination :
Un royaume pour théâtre, des princes pour acteurs,
Et des monarques pour contempler cette scène
    majestueuse.
Alors le belliqueux Harry, sous son vrai jour,
Aurait le port de Mars, et à ses talons,
(En laisse comme les limiers), Famine, Glaive et
    Feu
Quémanderaient du service. Mais, doux amis, par-
    donnez
À ces esprits frustes, terre à terre, qui ont osé
Porter sur ce tréteau indigne
Un aussi grand sujet. Cette arène pour combats de
    coqs peut-elle contenir
Les vastes champs de France ? Où pouvons-nous loger
Dans ce O de bois[1] les casques
Qui semaient l'effroi dans l'air d'Azincourt ?
Oh ! pardonnez : puisqu'un chiffre tout rond peut
Placé en queue signifier un million,

---

1. C'est le fameux *Wooden O*, décrit précédemment.

And let us, ciphers to this great account,
On your imaginary forces work.
Suppose within the girdle of these walls
Are now confin'd two mighty monarchies,
Whose high upreared and abutting fronts
The perilous narrow ocean parts assunder.
Piece out our imperfections with your thoughts :
Into a thousand parts divide one man,
And make imaginary puissance.
Think, when we talk horses, that you see them
Printing their proud hoofs i'th'receiving earth :
For 'tis your thoughts that now must deck our kings,
Carry them here and there, jumping o'er times,
Turning th'accomplishment of many years
Into an hourglass; for which supply,
Admit me Chorus to this history,
Who Prologue-like your humble patience pray
Gently to hear, kindly to judge our play.

Souffrez que nous, des zéros à côté de ce grand
    nombre,
Travaillions sur les forces de votre imagination.
Supposez que dans l'enceinte de ces murs
Sont maintenant enfermées deux puissantes monar-
    chies,
Dont les fronts altiers dressés l'un contre l'autre
Sont séparés par l'océan étroit et périlleux.
Suppléez à nos imperfections par vos pensées :
Divisez chaque soldat par mille,
Et créez une armée imaginaire.
Figurez-vous, quand nous parlons de chevaux, que
    vous les voyez
Imprimer leurs fiers sabots dans le sol qui les porte.
Car c'est à vos pensées maintenant d'équiper nos
    rois,
De les porter ici et là, franchissant les époques,
Resserrant les exploits de tant d'années
En une heure de sablier : afin de vous aider,
Confiez-moi le rôle du Chœur dans cette histoire ;
Tel un prologue, je prie votre humble patience
D'écouter, de juger notre pièce avec bienveillance.

Traduction Jean-Michel Déprats

THE TRAGEDY OF JULIUS CAESAR
JULES CÉSAR
(1599)

Tragédie inspirée, comme *Coriolan* ou *Antoine et Cléopâtre*, de Plutarque (*Vies des hommes illustres*, traduites en français par Amyot et en anglais par Sir Thomas North). Tragédie de l'ambition politique, contrecarrée par une conscience vouée à la démocratie, celle de Brutus. Celui-ci, de même que le peuple, soupçonne le général vainqueur des Gaules de vouloir se faire couronner roi, malgré les prédictions sinistrement défavorables — «Prends garde aux Ides de mars!» a annoncé un devin — et malgré les présages rapportés par Calpurnia, la femme de César. Brutus organise l'assassinat de César avec l'appui d'autres conjurés, tel Cassius dont John Gielguld a dessiné une figure saisissante dans le film de Mankiewicz (1953), tandis que James Mason interprétait Brutus, Louis Calhern César et Marlon Brando Marc-Antoine.

Ce dernier, après avoir fait, contre son gré, bonne figure aux conjurés, prononce, solitaire, devant la dépouille sanglante du mort, une brève oraison funèbre, une véritable imprécation, témoignant à la fois de son attachement pour César et de son propre dessein politique, nourri de vengeance. On y entend l'expression «chiens de guerre», qui a donné son titre à un roman de Forsythe.

ACT III, scene 1

ANTONY

O pardon me, thou bleeding piece of earth,
That I am meek and gentle with these butchers.
Thou art the ruins of the noblest man
That ever lived in the tide of times.
Woe to the hand that shed this costly blood!
Over thy wounds, now I do prophesy
(Which like dumb mouths do open their ruby lips
To beg the voice and utterance of my tongue),
A curse shall light upon the limbs of men;
Domestic fury, and fierce civil strife,
Shall cumber all the parts of Italy;
Blood and destruction shall be so in use,
And dreadful objects so familiar,
That mothers shall but smile, when they behold
Their infants quartered with the hands of war:
All pity chok'd with custom of fell deeds,
And Caesar's spirit, ranging for revenge,
With Ate by his side come hot from hell,

ACTE III, scène 1

ANTOINE

Ô pardonne-moi, sanglant morceau de terre,
Si je suis tendre et soumis avec ces bouchers.
Tu es la ruine de l'homme le plus noble
Qui ait jamais vécu dans le flux des temps.
Malheur à la main qui versa ce sang précieux !
Maintenant, sur tes plaies qui, telles des bouches
    muettes,
Ouvrent leurs lèvres rubis pour mendier ma voix
Et l'articulation de ma langue, je prophétise.
Un fléau s'abattra sur les membres des hommes ;
La fureur intestine, la féroce guerre civile
Accableront l'Italie de toutes parts ;
Sang et destruction seront choses si communes,
Et les objets d'horreur si familiers,
Que les mères ne pourront que sourire, à la vue
De leurs enfants écartelés par les mains de la guerre,
Toute pitié étouffée dans le pli des forfaits ;
Et l'esprit de César, avide de vengeance,
Et près de lui Até[1] surgie chaude des Enfers,

---

1. Até : fille aînée de Zeus dans Homère (*Iliade*, XIX, 90). Elle
incarne le mal.

Shall in these confines, with a monarch's voice,
Cry "havoc!" and let slip the dogs of war,
That this foul deed shall smell above the earth
With carrion men, groaning for burial.

ACT III, scene 2

ANTONY

Friends, Romans, countrymen, lend me your ears.
I come to bury Caesar, not to praise him.
The evil that men do, lives after them,
The good is oft interred with their bones,
So let it be with Caesar. The noble Brutus
Hath told you Caesar was ambitious.
If it were so, it was a grievous fault,
And grievously hath Caesar answer'd it.
Here, under leave of Brutus and the rest,
For Brutus is an honourable man,
So are they all, all honourable men,
Come I to speak in Caesar's funeral.

Viendra dans nos confins, de sa voix de monarque,
Crier : « Au carnage ! », lâcher les chiens de guerre,
Au point que l'acte immonde empuantisse la terre
Et des hommes-charognes implorent sépulture.

Cependant, tout en combinant avec Octave, fils adoptif de César et son successeur naturel, la suite à donner aux événements, Marc-Antoine va tout d'abord, après que Brutus a tenté de justifier son acte et le complot, retourner le peuple contre les conjurés coupables de la mort de César. La scène se passe naturellement au Forum, dans une de ces grandes controverses qui alimentaient la soif de démocratie des Romains.

ACTE III, scène 2

ANTOINE

Amis, Romains, concitoyens, prêtez-moi vos oreilles.
Je viens ensevelir César, non le glorifier.
Le mal que font les hommes survit après eux,
Le bien est souvent enterré avec leurs os.
Qu'il en soit ainsi pour César. Le noble Brutus
Vous a dit que César était ambitieux.
Si cela est vrai, la faute était cruelle,
Et cruellement César en a payé le prix.
Ici, avec la permission de Brutus et des autres,
Car Brutus est un homme honorable,
Comme ils le sont tous, tous des hommes honorables,
Je viens parler aux funérailles de César.

He was my friend, faithful and just to me;
But Brutus says he was ambitious,
And Brutus is an honourable man.
He hath brought many captives home to Rome,
Whose ransoms did the general coffers fill;
Did this in Caesar seem ambitious?
When that the poor have cried, Caesar hath wept:
Ambition should be made of sterner stuff,
Yet Brutus says he was ambitious,
And Brutus is an honourable man.
You all did see, that on the Lupercal,
I thrice presented him a kingly crown,
Which he did thrice refused. Was this ambition?
Yet Brutus says he was ambitious,
And sure he is an honourable man.
I speak not to disprove what Brutus spoke,
But here I am, to speak what I do know.
You all did love him once, not without cause,
What cause withholds you then to mourn for him?
O judgement, thou art fled to brutish beasts,
And men have lost their reason! Bear with me,
My heart is in the coffin there with Caesar,
And I must pause, till it come back to me.

Il fut mon ami, fidèle et juste envers moi ;
Mais Brutus dit qu'il fut ambitieux,
Et Brutus est un homme honorable.
Il ramena bien des captifs chez nous à Rome,
Dont les rançons remplirent les coffres publics ;
Était-ce là chez César preuve d'ambition ?
Quand les pauvres pleuraient, César versait des
    larmes ;
L'ambition devrait être d'une plus rude étoffe,
Pourtant Brutus dit qu'il fut ambitieux,
Et Brutus est un homme honorable.
Tous vous m'avez vu, le jour des lupercales[1],
Trois fois lui présenter la couronne royale,
Qu'il refusa trois fois. Était-ce là ambition ?
Pourtant, Brutus dit qu'il fut ambitieux,
Et pour sûr, c'est un homme honorable.
Je ne parle pas pour contredire Brutus,
Mais je suis ici pour dire ce que je sais.
Vous l'aimiez tous jadis, non sans cause,
Quelle cause alors vous empêche de le pleurer ?
Ô jugement, tu t'es réfugié chez les bêtes brutes,
Et les hommes ont perdu leur raison ! Excusez-moi,
Mon cœur est là, dans le cercueil, avec César,
Et je dois me taire jusqu'à ce qu'il me revienne.

Traduction Jérôme Hankins

---

1. Fête pastorale célébrée en février dans la Rome antique, au mont
Palatin.

AS YOU LIKE IT

COMME IL VOUS PLAIRA

(1599)

De cette comédie, une histoire d'amoureux transis et d'une ingénue, Rosalinde, travestie en garçon, comédie jouée devant la Cour à Wilton House le 2 décembre 1603, il faut surtout retenir le célèbre monologue de Jacques, surnommé « le mélancolique » ou « le malcontent », reprenant mot pour mot la devise du théâtre du Globe, nouvellement installé sur la rive droite de la Tamise par les Chamberlain's men. *Totus mundus agit histrionem* était en effet son enseigne, due à Pétrone. Autour d'un praticable surélevé, déjà décrit dans *Henry V*, et au-dessous d'un bâti de torchis et de brique, dans le célèbre O de bois, déjà évoqué, s'entassaient debout ou dans la galerie, l'après-midi, deux milliers de personnes de toutes les classes de la société, plus habituées aux combats d'ours ou de fauves dont les arènes se trouvaient dans ces faubourgs, hors les murs. La plupart n'avaient jamais assisté à une pièce de théâtre, et s'émerveillaient aux pièces historiques comme aux histoires d'amour et aux féeries, en buvant de la bière et en attendant les réjouissances finales.

ACT II, scene 7

                        All the world's a stage,
And all the men and women merely players :
They have their exits and their entrances;
And one man in his time plays many parts,
His acts being seven ages. As, first the infant,
Mewling and puking in the nurse's arms.
And then the whining schoolboy, with his satchel
And shining morning face, creeping like snail
Unwillingly to school. And then the lover,
Sighing like furnace, with a woeful ballad
Made to his mistress' eyebrow. Then the soldier,
Full of strange oaths, and bearded like the pard,
Jealous in honour, sudden and quick in quarrel,
Seeking the bubble reputation
Even in the cannon's mouth. And then the justice,
In fair round belly with good capon lin'd,
With eyes severe and beard of formal cut,
Full of wise saws and modern instances;
And so he plays his part. The sixth age shifts
Into the lean and slipper'd pantaloon,

ACTE II, scène 7

JACQUES

Le monde entier est une scène,
Hommes et femmes, tous, n'en sont que des acteurs,
Chacun y a ses entrées, et chacun ses sorties,
Et notre vie durant, nous jouons plusieurs rôles.
C'est un drame en sept âges. D'abord, le tout-petit
Vagissant et bavant aux bras de sa nourrice,
Puis l'écolier pleurnicheur, avec son cartable,
Et son teint frais du matin, lambinant, ce colimaçon,
En allant de mauvais gré à l'école. Puis l'amoureux
Aux soupirs de forge et sa ballade triste
En l'honneur des sourcils de sa maîtresse.
Puis le soldat, proférant d'étranges jurons,
Et tout aussi poilu qu'un léopard,
Chatouilleux sur l'honneur, prompt à se quereller,
En chasse de l'éphémère gloriole
Jusque sous la gueule du canon.
Puis le juge, ceint de sa panse fourrée
D'un bon chapon; œil dur et barbe formaliste,
Plein de sages dictons et d'attendus récents,
Ainsi joue-t-il son rôle... Le sixième âge porte
Un pantalon étriqué, des pantoufles,

With spectacles on nose and pouch on side;
His youthful hose, well sav'd, a world too wide
For his shrunk shank; and his big manly voice,
Turning again toward childish treble, pipes
And whistles in his sound. Last scene of all,
That ends this strange eventful history,
Is second childishness and mere oblivion,
Sans teeth, sans eyes, sans taste, sans everything.

Lunettes sur le nez, et bissac au côté,
Le haut-de-chausses de sa jeunesse, avec soin conservé,
  est trop large d'un monde
Pour ses mollets ratatinés, et sa voix forte et virile
Revenant à l'aigu de l'enfance, module
Un son siffleur. La dernière scène de toutes,
Terme de cette étrange histoire mouvementée,
C'est la seconde enfance, oublieuse de tout,
Sans dents, sans yeux, sans goût, sans rien du tout.

Traduction Jules Supervielle

HAMLET

HAMLET

(1601)

Inspirée par une pièce de Thomas Kyd (voir préface), et par la chronique danoise, en latin, de Saxo Grammaticus (1514), la tragédie de *Hamlet, prince de Danemark*, l'une des œuvres les plus complexes de Shakespeare, débute, sur les remparts d'Elseneur, par l'apparition d'un spectre, ressort dramatique assez courant dans son théâtre (*Richard III, Macbeth, Jules César*). Ce spectre, que Shakespeare passe pour avoir interprété lui-même, à la création, est celui du père d'Hamlet, assassiné par son propre frère et qui demande à son fils de le venger. Or, Hamlet, qui vient juste de quitter l'université de Wittenberg, celle de Luther, est tout sauf un justicier, et il a en horreur les crimes de sang.

Hamlet va donc hésiter longtemps avant de passer à l'acte, partagé entre le désir de protéger sa mère et la crainte que son beau-père, Claudius, ne s'en prenne à lui, crainte qui l'amènera à simuler la folie. Ce qui ne l'empêche pas de se livrer, sur le suicide, à une méditation philosophique qui est l'un des plus profonds moments de théâtre de tous les temps, avant que la douce Ophélie, dont il est épris, vienne le tirer de ses réflexions.

Dans la scène entre Hamlet et Ophélie, on remarquera en outre avec quelle liberté Shakespeare passe sans transition, mais en accord avec la situation, du vers à la prose.

ACT III, scene 1

To be, or not to be, that is the question,
Wether 'tis nobler in the mind to suffer
The slings and arrows of outrageous fortune,
Or to take arms against a sea of troubles,
And, by opposing, end them. To die, to sleep,
No more, and by a sleep to say we end
The heartache, and the thousand natural shocks
That flesh is heir to; 'tis a consummation
Devoutley to be wish'd. To die, to sleep,
To sleep, perchance to dream, ay, there's the rub.
For in that sleep of death what dreams may come,
When we are shuffled off this mortal coil,
Must give us pause. There's the respect
That makes calamity of so long life.
For who would bear the whips and scorns of time,
Th'oppressor's wrong, the proud man's contumely,
The pangs of despis'd love, the law's delay,
The insolence of office, and the spurns

ACTE III, scène 1

HAMLET

Être ou n'être pas. C'est la question.
Est-il plus noble pour une âme de souffrir
Les flèches et les coups d'une indigne fortune
Ou de prendre les armes contre une mer de troubles
Et de leur faire front et d'y mettre fin ? Mourir,
    dormir,
Rien de plus ; terminer, par du sommeil,
La souffrance du cœur et les mille blessures
Qui sont le lot de la chair : c'est bien le dénouement
Qu'on voudrait, et de quelle ardeur !... Mourir,
    dormir
— Dormir, rêver peut-être... Ah, c'est l'obstacle !
Car l'anxiété des rêves qui viendront
Dans ce sommeil des morts, quand nous aurons
Réduit à rien le tumulte de vivre,
C'est ce qui nous réfrène, c'est la pensée
Qui fait que le malheur a une si longue vie.
Qui en effet supporterait le fouet du siècle,
L'exaction du tyran, l'outrage de l'orgueil,
L'angoisse dans l'amour bafoué, la loi qui tarde
Et la morgue des gens en place, et les vexations

That patient merit of th'unworthy takes,
When he himself might his quietus make
With a bare bodkin? Who would fardels bear,
To grunt and swear under weary life,
But that the dread of something after death,
The undiscover'd country, from whose bourn
No traveller returns, puzzles the will,
And make us rather bear those ills we have
Than fly to others that we know not of?
Thus conscience does make cowards of us all,
And thus the native hue of resolution
Is sicklied o'er with the pale cast of thought,
And enterprises of great pitch and moment
With this regard their currents turn awry,
And lose the name of action. — Soft you know!
The fair Ophelia! — Nymph, in thy orisons,
Be all my sins remember'd!

OPHELIA

Good my lord,
How does your honour for this many a day?

HAMLET

I humbly thank you; well, well, well.

OPHELIA

My lord, I have remembrances of yours,
That I have longed long to re-deliver;
I pray you, now receive them.

Que le mérite doit souffrir des êtres vils
Alors qu'il peut se donner son quitus
D'un simple coup de poignard? Qui voudrait ces
    fardeaux,
Et gémir et suer sous une vie pesante,
Si la terreur de quelque chose après la mort,
Ce pays inconnu dont nul voyageur
N'a repassé la frontière, ne troublait
Notre dessein, nous faisant préférer
Les maux que nous avons à d'autres, obscurs?
Ainsi la réflexion fait de nous des lâches,
Les natives couleurs de la décision
Passent, dans la pâleur de la pensée,
Et des projets d'une haute volée
Sur cette idée se brisent, ils y viennent perdre
Leur nom même d'action... Allons, du calme.
Voici la belle Ophélie... Nymphe, dans tes prières,
Souviens-toi de tous mes péchés.

OPHÉLIE

                    Mon cher seigneur,
Comment va Votre Grâce, après tant de jours?

HAMLET

Oh, merci humblement! Bien, bien, bien.

OPHÉLIE

Monseigneur, j'ai de vous des souvenirs
Que depuis longtemps je voulais vous rendre.
Recevez-les, je vous prie.

HAMLET

No, not I;

I never gave you aught.

OPHELIA

My honour'd lord, you know right well you did;
And, with them, words of so sweet breath compos'd
As made the things more rich : their parfume lost,
Take these again; for to the noble mind
Rich gifts wax poor when givers prove unkind.
There, my lord.

HAMLET

Ha, ha! are you honest?

OPHELIA

My lord?

HAMLET

Are you fair?

OPHELIA

What means your lordship?

HAMLET

That if you be honest and fair, your honesty should
admit no discourse to your beauty.

OPHELIA

Could beauty, my lord, have better commerce than
with honesty?

HAMLET

Moi? Non, non.
Je ne vous ai jamais rien donné.

OPHÉLIE

Mais si, mon cher seigneur, vous le savez bien,
Et vous aviez des mots d'un souffle si doux,
Que ces choses m'étaient précieuses. Mais ce parfum
Perdu, reprenez-les. Pour les âmes nobles,
Les plus riches présents perdent leur valeur
Quand celui qui donnait se montre cruel.
Les voici, monseigneur.

HAMLET

Ha, ha, êtes-vous vertueuse?

OPHÉLIE

Monseigneur?

HAMLET

Êtes-vous belle?

OPHÉLIE

Que Votre Seigneurie veut-elle dire?

HAMLET

Que si vous êtes vertueuse et si vous êtes belle, votre
vertu se devrait de mieux tenir à l'écart votre beauté.

OPHÉLIE

La beauté pourrait-elle avoir meilleur commerce
qu'avec la vertu, monseigneur?

HAMLET

Ay, truly; for the power of beauty will sooner transform honesty from what it is to a bawd than the force of honesty can translate beauty into his likeness : this was sometime a paradox, but now the time gives it proof. I did love you once.

OPHELIA

Indeed, my lord, you made me believe so.

HAMLET

You should not have believed me; for virtue cannot so inoculate our old stock, but we shall relish of it : I loved you not.

OPHELIA

I was the more deceived.

HAMLET

Get thee to a nunnery : why wouldst thou be a breeder of sinners? I am myself indifferent honest, but yet I could accuse me of such things, that it were better my mother had not borne me : I am very proud, revengeful, ambitious; with more offences at my beck than I have thoughts to put them in, imagination to give them shape, or time to act them in. What should such fellows as I do crawling between earth and heaven? We are arrant knaves, all; believe none of us. Go thy ways to a nunnery!

« Ores voici l'hiver de notre déplaisir
Changé en glorieux été par ce soleil d'York ;
Et tous les nuages qui menaçaient notre Maison
Ensevelis au sein profond de l'océan. »

1 Shakespeare, *Kung Lear*, programme du Théâtre municipal de Stockholm, Stora Scenen.

2 Jan Claesz Visscher, *Le Globe Theatre*,
1616, aquarelle, Londres, British Museum.

« Le monde entier est une scène,
Hommes et femmes, tous, n'en sont que des acteurs,
Chacun y a ses entrées, et chacun ses sorties,
Et notre vie durant, nous jouons plusieurs rôles. »

« Mais l'amour, appris d'abord dans les yeux d'une femme,
Ne demeure pas seul, muré dans le cerveau.
Grâce à la mobilité de tous les éléments,
Il se répand, vif comme la pensée, en chaque faculté,
Octroyant à chacune le double d'elle-même,
Au-delà de ses fonctions et de son office. »

3 Une scène de *Shakespeare in love*, film de J. Madden, 1998, avec J. Fiennes et G. Paltrow.

4 Affiche française de *Love's Labour Lost*, un film de K. Branagh, avec K. Branagh, N. Lane et A. Lester, 2000.

5 Le plateau du *Roi Lear*, adaptation de J.-M. Déprats, mise en scène d'A. Engel, avec G. Desarthe et M. Piccoli, théâtre de l'Odéon, Paris, le 14 janvier 2006.

« Ô m'n'oncle, l'eau bénite de cour dans une maison au sec vaut mieux que cette eau de pluie à ciel ouvert. M'n'oncle, rentre implorer la bénédiction de tes filles ! Voilà une nuit qui n'a pitié ni des sages ni des fous. »

« Et maintenant,
préparez votre gorge.
Lavinia, viens,
Recueille le sang, et
quand ils seront morts,
J'irai broyer leurs os en
poudre fine... »

6 Affiche d'une
représentation de
Richard III au Theatre
Royal, Haymarket,
1832, avec le célèbre
acteur anglais
Edmund Kean dans le
rôle de Richard.

7 *Titus Andronicus*
au Globe Theatre,
Londres, 26 mai
2006, avec Douglas
Hodge, Laura Rees
et Richard Riddel.

8 Jacques Copeau (Malvolio), Louis Jouvet (Sir André) et Antoine Carella (Fabien) dans *La Nuit des rois* de William Shakespeare. Paris, théâtre du Vieux-Colombier, 1919-1922.

« Viens, nuit épaisse, enveloppe-toi de la plus sombre fumée de l'enfer, que mon poignard aigu ne voie pas la blessure qu'il va faire et que le ciel, m'épiant à travers la couverture des ténèbres, ne vienne point me crier : "Arrête ! arrête !" »

9 Jean Vilar et Maria Casares lors des répétitions de *Macbeth*, Festival d'Avignon, janvier 1954.

10 Affiche du film d'Orson Welles, *Falstaff, Chimes at Midnight*, 1965, avec Orson Welles dans le rôle de Falstaff.

« *Une femme en colère est telle une fontaine troublée,*
Boueuse, ni avenante ni limpide, dénuée de beauté ;
Et tant qu'il est ainsi, nul assoiffé, même à sec,
Ne daignera y tremper les lèvres, ni en boire une goutte. »

« Si les dieux ont le feu au derrière, que doivent faire les pauvres humains ? Quant à moi, je suis ici un cerf de Windsor, et à mon avis, le plus gros de ces bois. »

11 Le comédien britannique Charles Laughton dans le rôle de Bottom dans *Le Songe d'une nuit d'été*, Royal Shakespeare Theatre, Stratford-upon-Avon, Angleterre, 1957.

12 Elizabeth Taylor dans une adaptation de *La Mégère apprivoisée*, film italo-américain de Franco Zeffirelli, 1966, avec Richard Burton.

« Les ronces et leurs épines agrippent leurs habits,
Certains leurs manches, d'autres leur chapeau, tout leur est pris sans résistance.
Dans cette folle frayeur, je les ai tous plongés,
Laissant là ce pauvre Pyrame transfiguré,
Lorsqu'à ce moment-là (ainsi est-ce arrivé)
Titania s'éveilla, et sur-le-champ aima un âne. »

13 Durham University, dans les années 1950 : un professeur montre la première édition des œuvres de Shakespeare à deux étudiants.

HAMLET

Oh! certes, oui! Car le pouvoir de la beauté fera de
la vertu une maquerelle, bien avant que la force de
la vertu ne façonne à sa ressemblance la beauté. Ce
fut un paradoxe autrefois, mais le temps en a fait la
preuve. Je vous ai aimée naguère.

OPHÉLIE

Il est vrai, monseigneur, que vous me l'avez fait
croire.

HAMLET

Vous n'auriez pas dû me croire. Car la vertu ne se
greffe jamais sur nos vieilles souches au point d'en
chasser l'ancienne sève... Je ne vous aimais pas.

OPHÉLIE

Je fus d'autant plus trompée.

HAMLET

Va-t'en dans un couvent! Pourquoi enfanterais-tu
des pécheurs? Je suis moi-même passablement honnête, et pourtant je pourrais m'accuser de choses
telles qu'il vaudrait mieux que ma mère ne m'eût
pas conçu. Je suis très orgueilleux, je suis vindicatif,
je suis ambitieux, et plus de méfaits répondraient à
mon signe que je n'ai de pensée pour les méditer,
d'imagination pour les concevoir, de temps pour les
mettre en œuvre. Des êtres de ma sorte, rampant
entre ciel et terre, à quoi bon? Nous sommes de fief-
fés coquins, tous, ne te fie à aucun de nous, va au
couvent!

ACT III, scene 2

HAMLET

Speak that speech, I pray you, as I pronounced it to you, trippingly on the tongue : but if your mouth is, as many of your players do, I had as lief the town-crier spoke my lines. Nor do not saw the air too much with your hand, thus; but use all gently : for in the very torrent, tempest, and, as I may say, the whirlwind of passion, you must acquire and beget a temperance that may give it smoothness. O it offends me to the soul to hear a robustious periwig-pated fellow tear a passion to tatters, to very rage, to split the ears of the groundlings, who, for the most part, are capable of nothing but inexplicable dumb-shows and noise : I would have such a fellow whipped for o'erdoing Termagant; it outherods Herod : pray you, avoid it.

C'est une troupe de comédiens de passage à Elseneur qui va décider Hamlet à passer à l'acte en faisant représenter une scène évoquant le meurtre de son père : « Le théâtre est le piège où j'attraperai la conscience du roi. » Mais voici tout d'abord ce qu'il dit aux comédiens de la troupe, une grande leçon de théâtre.

ACTE III, scène 2

HAMLET

Dites ce texte, je vous prie, à la façon dont je vous l'ai lu, d'une voix déliée et avec aisance, car si vous le déclamiez comme font tant de nos acteurs, mieux vaudrait que je le confie au crieur public. Et n'allez pas fendre l'air avec votre main comme ceci, mais soyez mesurés en tout, car dans le torrent, dans la tempête, dans l'ouragan, dirai-je même, de la passion, vous devez trouver et faire sentir une sorte de retenue qui l'adoucisse. Oh ! cela me blesse jusque dans l'âme, d'entendre un grand étourneau avec sa perruque mettre la passion en pièces, oui, en lambeaux, et casser les oreilles du parterre qui ne sait apprécier le plus souvent que les pantomimes inexplicables et le fracas ! Je voudrais le fouet pour ces gaillards qui en rajoutent à Termagant et qui renchérissent sur Hérode[1]. Évitez cela, je vous prie.

1. Termagant, nom d'une ancienne divinité sarrazine dans le vieux théâtre anglais. De même, Hérode figurait souvent dans les anciens mystères.

FIRST PLAYER

I warrant your honour.

HAMLET

Be not too tame neither, but let your own discretion be
your tutor : suit the action to the word, the word to the
action; with this special observance, that you o'erstep
not the modesty of nature : for any thing so overdone is
from the purpose of playing, whose end, both at the
first and now, was and is, to hold, as 't were, the mirror
up to the nature; to show virtue her own feature, scorn
her own image, and the very age and body of the time
his form and pressure.

Now, this overdone, or come tardy off, though it make
the unskilful laugh, cannot but make the judicious
grieve; the censure of the which one must, in your
allowance, o'erweigh a whole theatre of others. O, there
be players that I have seen play, — and heard others
praise, and that highly, — not to speak it, that, pro-
fanely, neither having the accent of Christians, nor the
gait of Christian, pagan, nor man, have so strutted and
bellowed, that I have thought some or nature's jour-
neymen had made men, and not made them well, they
imitated humanity so abominably.

FIRST PLAYER

I hope we have reformed that indifferently with us, sir.

LE PREMIER COMÉDIEN

J'en fais la promesse à Votre Honneur.

HAMLET

Ne soyez pas non plus trop guindés, fiez-vous plutôt
à votre jugement et réglez le geste sur la parole, la
parole sur le geste en vous gardant surtout de ne
jamais passer outre à la modération naturelle, car
tout excès de cette sorte s'écarte de l'intention du
théâtre dont l'objet a été dès l'origine, et demeure
encore, de présenter pour ainsi dire un miroir à la
nature et de montrer à la vertu son portrait, à l'ignominie son visage et au siècle même et à la société de
ce temps leur aspect et leurs caractères.
Outrer les effets, ou trop les affaiblir, c'est faire rire
les ignorants, mais cela ne peut que désoler les gens
d'esprit, dont un seul doit compter pour vous plus
que toute une salle des autres. Ah! j'ai vu jouer de
ces comédiens — et j'ai même entendu qu'on les
célébrait, et avec de bien grands éloges — qui, Dieu
me pardonne, n'avaient ni la parole ni l'allure d'un
chrétien, d'un païen, d'un homme! Ils se dandi-
naient, ils beuglaient de telle sorte que j'ai pensé
qu'ils avaient été façonnés par quelque apprenti de
la Nature, et bien mal, tant ils singeaient abomina-
blement l'espèce humaine.

LE PREMIER COMÉDIEN

J'espère que nous avons à peu près corrigé ce défaut
chez nous, monseigneur.

HAMLET

O, reform it altogether. And let those that play your clowns speak no more than is set down for them : for there be of them that will themselves laugh, to set on some quantity of barren spectators to laugh too; though, in the mean time, some necessary question of the play be then to be considered : that's villainous, and shows a most pitiful ambition in the fool that uses it. Go, make you ready.

ACT V, scene 1

HAMLET

Alas, poor Yorick! — I knew him, Horatio : a fellow of infinite jest, of most excellent fancy :

HAMLET

Ah ! corrigez-le tout à fait ! Et ne laissez pas vos pitres en dire plus que leur rôle, car j'en connais qui tout de leur chef se mêlent de rire, pour faire rire avec eux ceux des spectateurs les plus ineptes, quand justement l'attention est requise par quelque point d'importance de la pièce. Ce qui est abusif et trahit dans le sot qui s'y adonne une bien pitoyable ambition. Allons, préparez-vous.

Le stratagème a réussi. Directement visé par la pièce dans la pièce, qui retrace son forfait, Claudius expédie le jeune homme en Angleterre où il compte le faire assassiner, surtout après la mort tragique de Polonius, tué par méprise dans la chambre de la reine, qui se préparait à admonester sévèrement son fils.

Après une attaque de pirates au cours de laquelle il s'est comporté avec bravoure, Hamlet est parvenu à se débarrasser des deux sbires chargés de l'expédier. Rentré au Danemark, il y retrouve son camarade d'université Horatio, dans un cimetière dont le fossoyeur, personnage comique de la pièce, *a clown*, vient de déterrer le crâne d'un bouffon.

ACTE V, scène 1

HAMLET

Hélas ! pauvre Yorick ! Je l'ai connu, Horatio, c'était un garçon d'une verve prodigieuse, d'une fantaisie

he hath borne me on his back a thousand times; and now, how abhorred in my imagination it is! my gorge rises at it. Here hung those lips I have kissed I know not how oft. Where be your gibes now? your gambols? your songs? your flashes of merriment, that were wont to set the table on a roar? Not one now, to mock your own grining? quite chap-fallen? Now get you to my lady's chamber, and tell her, let her paint an inch thick, to this favour she must come; make her laugh at that.

infinie. Mille fois il m'a porté sur son dos; et maintenant quelle horrible chose que d'y songer! J'en ai la nausée. Voici la place des lèvres que j'ai baisées tant de fois. Où sont tes railleries, maintenant? Tes gambades, tes chansons, tes explosions de drôlerie dont s'esclaffait toute la table? Plus un sarcasme aujourd'hui pour te moquer de ta propre grimace? Rien que ce lugubre bâillement? Va donc trouver Madame dans sa chambre et lui dire qu'elle a beau se mettre un pouce de fard, il faudra bien qu'elle en vienne à cette figure. Fais-la rire avec cette idée.

Traduction Yves Bonnefoy

Malgré un sombre pressentiment, Hamlet accepte un duel contre Laërte, frère d'Ophélie, morte noyée, duel au cours duquel il mourra lui-même d'une pointe empoisonnée par le roi, mais non sans avoir auparavant mis fin aux jours de celui-ci, alors que sa mère a été empoisonnée à sa place. Mais son père est enfin vengé, et «tout le reste est silence».

THE MERRY WIVES OF WINDSOR
LES JOYEUSES COMMÈRES DE WINDSOR

(1600)

Falstaff est sûrement l'un des personnages les plus connus du théâtre shakespearien, ne serait-ce qu'en raison du très beau film *Chimes of Midnight*, mis en scène et interprété par Orson Welles. Les Britanniques lui ont rendu hommage en le faisant figurer sur le mémorial Shakespeare de Stratford-upon-Avon avec trois autres de ses personnages.

Truculent, paillard, obèse, « la création la plus remarquable de Shakespeare dans le domaine de l'humour », selon Louis Cazamian, on le retrouve dans *Henry IV*, où il est le compagnon de débauche du prince Hal, avant que le prince devenu Henry V, conscient de la dignité royale, le mette sans ménagement à l'écart dans la pièce éponyme ; et dans ces *Joyeuses Commères de Windsor*, qui inspirèrent à Verdi vieillissant *Falstaff*, et à Nicolaï une ouverture d'opéra archiconnue.

On dit que c'est la reine Elizabeth en personne qui, souhaitant voir ressusciter ce personnage, a suggéré à l'auteur du *Songe d'une nuit d'été* cette comédie où deux bourgeoises et leurs maris s'amusent à berner le gaillard toujours en quête d'une aventure amoureuse, et c'est en organisant, à son intention, une grandiose féerie, presque un sabbat, où il est déguisé en cerf, qu'elles vont le ridiculiser. Et cette fois, nous ne sommes ni au Danemark, ni en Italie, ni ailleurs, mais bel et bien en Angleterre, à l'époque élisabéthaine.

ACT V, scene 5

FALSTAFF

The Windsor bell hath stuck twelve; the minute draws on. Now, the hot-blooded gods assist me! — Remember, Jove, thou wast a bull for thy Europa; love set on thy horns : — O powerful love! that, in some respects, makes a beast a man; in some other, a man a beast. — You were also, Jupiter, a swan for the love of Leda : O omnipotent love! how near the god drew to the complexion of a goose! — A fault done first in the form of a beast; — O Jove, a beastly fault! — and then another fault in the semblance of a fowl; — think on't, Jove; a foul fault! When gods have hot backs, what shall poor men do? For me, I am here a Windsor stag; and the fattest, I think, i' the forest. — Send me a cool rut-time, Jove, or who can blame me to piss my tallow?

ACTE V, scène 5

FALSTAFF

Minuit vient de sonner au clocher de Windsor. L'instant approche. Maintenant, que les dieux au sang chaud viennent à mon secours ! Souviens-toi, Jupiter : tu t'es changé en taureau pour ton Europe, et l'amour t'a posé des cornes. Ô tout-puissant amour ! Dans certains cas, il fait de l'homme une bête, en d'autres d'une bête un homme. Tu as été aussi, Jupiter, un cygne pour l'amour de Léda. Ô amour omnipotent ! Comme il s'en est fallu de peu pour que le dieu prenne la forme d'une oie ! Première faute, celle commise sous l'aspect d'une bête. Ô Jupin, une faute bestiale ! Et puis une autre encore dans les plumes d'un volatile. Te rends-tu compte, Jupin : un péché capital ! Si les dieux ont le feu au derrière, que doivent faire les pauvres humains ? Quant à moi, je suis ici un cerf de Windsor, et à mon avis, le plus gros de ces bois. Jupin, dépêche-moi de quoi rafraîchir mon rut, sinon qui pourra me blâmer de pisser le suif de mon corps ?

Traduction Claude Mourthé

TWELFTH NIGHT, OR WHAT YOU WILL

LA NUIT DES ROIS

(1600)

Shakespeare a souvent utilisé le moyen du travestissement — rappelons que, dans le théâtre élisabéthain, les rôles féminins étaient interprétés par des garçons — et des sosies. Dans cette comédie intitulée *Le Soir des rois* ou *Ce que vous voudrez* par François Victor Hugo — titre original: *Twelfth Night, or what you will*, «ce qu'il vous plaira», ou encore, littéralement «La Douzième Nuit», parce que jouée pour la célébration de l'Épiphanie, un 6 janvier —, il met en scène des jumeaux, Sébastien et Viola, séparés par un naufrage et qui se croient mutuellement morts.

Viola, déguisée en garçon, est amenée à jouer les entremetteurs pour l'homme qu'elle aime, le duc Orsino, auprès d'une autre femme, la comtesse Olivia. Celle-ci, alors qu'elle se refuse à Orsino, tombe amoureuse de Viola travestie. Alors qu'un certain nombre d'autres personnages, Malvolio, intendant d'Olivia, Sir Tobie et Sir André Aguecheek assurent le contrepoint comique de l'intrigue.

En ce qui concerne Malvolio, l'un des personnages le plus haut en couleur, mais indiciblement niais et crédule, le tour que lui jouent ses compères consiste à lui faire croire, au moyen d'une fausse lettre d'amour, qu'Olivia est éprise de lui.

ACT II, scene 5

MALVOLIO

"M, O, A, I, doth sway my life." — Nay, but first, let me see, — let me see, let me see.... [...] "I may command where I adore." Why, she may command me: I serve her; she is my lady. Why, this is evident to any formal capacity: there is no obstruction in this: — and the end, — what should that alphabetical position portend? if I could make that resemble something in me, — Softly! M, O, A, I... [...] M, — Malvolio; — M, — why that begins my name. [...] M, — but then there is no consonancy in the sequel; that suffers under probation: A should follow, but O does. [...] And then I comes behind. [...] M. O. A. I.; — this simulation is not as the former: — and yet, to crush this a little, it would bow to me, for every one of these letters are in my name. Soft! here follows prose. *(Reads)* "If this falls into thy hand, revolve. In my stars I am above thee; but be not afraid of greatness:

ACTE II, scène 5

MALVOLIO

« M, O, A, I, tu gouvernes mon cœur... » Oui, mais d'abord, voyons, voyons, voyons... [...] « Je règne sur toi que j'adore... » C'est elle en effet qui commande, et je la sers, elle est ma maîtresse... Tout cela est l'évidence même pour quiconque a un peu de tête. Jusque-là, aucun problème. Mais la fin, que peut bien signifier cette formule alphabétique ? Si je pouvais trouver là quelque chose qui me concerne... Doucement ! M... O... A... I... [...] M... Malvolio... M... c'est justement ainsi que commence mon nom... [...] M... est parfait, mais la suite n'est pas aussi cohérente qu'il faudrait : un A devrait venir où il y a un O... [...] Et puis un I vient derrière... [...] M, O, A, I, cette énigme n'est pas comme la précédente, et cependant, sans la forcer beaucoup, elle penche vers moi, car chacune de ses lettres figure dans mon nom. Doucement, il y a de la prose qui suit... *(Lisant)* « Si la présente tombe entre tes mains, réfléchis bien. Mon étoile m'a placée au-dessus de toi, mais que la grandeur ne t'intimide pas :

some are born great, some achieve greatness, and some have greatness thrust upon 'em. Thy Fates open their hands; let thy blood and spirit embrace them : and to inure thyself to what thou art like to be, cast thy humble slough, and appear fresh. Be opposite with a kinsman, surly with servants; let thy tongue tang arguments of state; put thyself into the trick of singularity; she thus advises thee that sighs for thee. Remember who commended the yellow stockings, and wished to see thee ever cross-gartered.

"I say, remember. Go, to, thou art made, if thou desired to be so; if not, let me see thee a steward still, the fellow of servants, and not worth to touch Fortune's fingers. Farewell. She that would alter services with thee.

The Fortunate-Unhappy."

Daylight and champain discover no more : this is open. I will be proud, I will read politic authors, I will baffle Sir Toby, I will wash off gross acquaintance, I will be point-de-vise the very man. I do not fool myself, to let imagination jade me; for every reason excites to this, that my lady loves me. She did commend my yellow stockings of late, she did praise my leg being cross-gartered; and in this she manifests herself to my love, and, with a kind of injunction, drives me to these habits of her liking. I thank my stars, I am happy. I will be strange, stout, in yellow stockings, and cross-gartered, even with the swiftness of putting on.

certains naissent grands, d'autres conquièrent la grandeur, d'autres encore la reçoivent. Ton Destin te tend les bras : jette-toi sur son cœur, et pour te préparer à devenir qui tu seras, dépouille-toi de ton humilité, puis apparais dans ta fraîcheur. Remets à sa place certain parent, sois bourru avec les serviteurs, fais tonner la puissance de ta langue, donne-toi un air de singularité. Tels sont les conseils de celle qui soupire pour toi. Rappelle-toi qui t'a fait compliment de tes bas jaunes et souhaité de te voir toujours avec des jarretières croisées.

« Rappelle-toi, te dis-je. Va, te voilà parvenu si tu le désires, sinon, je ne veux voir en toi qu'un intendant, le compagnon des domestiques, indigne de toucher les doigts de la Fortune. Adieu. Celle qui voudrait te servir au lieu que tu la serves. — La Malheureuse Fortunée. »

Le grand jour sur la rase campagne n'en révèle pas davantage : tout cela est clair. Je serai majestueux, je lirai les traités politiques, je rabrouerai Sir Tobie, je me débarrasserai des fréquentations vulgaires, je serai point par point l'homme voulu. Je ne suis pas en train de me leurrer moi-même, je ne cède pas à l'imagination, car la raison me conduit à ceci : que ma maîtresse m'aime. Elle m'a récemment complimenté de mes bas jaunes, elle a trouvé très bien l'effet de mes jarretières, et par la présente elle se découvre à mon amour tout en m'invitant, par une sorte d'injonction, à revêtir les habits qui lui plaisent. Merci à mon étoile, je connais le bonheur… Je serai superbe, je serai hardi, je mettrai des bas jaunes, des jarretières croisées, même en me pressant de les enfiler.

Jove and my stars be praised! — Here is a postscript.
(Reads) "You canst choose but know who I am. If you
entertainest my love, let it appear in thy smiling: thy
smiles become thee well; therefore in my presence still
smile, dear my sweet, I prithee." Jove, I thank you. —
I will smile; I will do every thing that thou wilt have
me.

ACT V, scene 1

FESTE

When that I was and a little tiny boy,
    With hey, ho, the wind and the rain,

Que Jupiter et mes étoiles soient bénis! Il y a un post-scriptum… *(Lisant)* «Tu n'as d'autre choix que de deviner qui je suis. Si tu acceptes mon amour, montre-le-moi par ton sourire : sourire te va si bien. En ma présence, souris donc, mon très cher, ô mon aimé, je t'en supplie.» Je sourirai, je ferai tout ce que tu voudras.

En dehors de ce personnage comique, qui verra se dissiper ses rêves de grandeur lorsque la supercherie sera découverte, la pièce est riche en péripéties, en quiproquos et même en duels. Mais tout finit par s'arranger lorsque les jumeaux se retrouvent, et lorsque est révélée leur véritable identité.

Les comédies de Shakespeare étaient égayées par des chansons que le public reprenait en chœur. Voici la plus connue, qui clôt la comédie, celle de Feste le bouffon. On la retrouvera plus tard dans *Le Roi Lear*.

Elle avait été composée et était interprétée par le célèbre acteur Armin, spécialiste des rôles de fous, qui s'accompagnait vraisemblablement au luth.

ACTE V, scène 1

FESTE

Quand j'étais un petit garçon,
    Dans le vent, ohé! dans la pluie,

A foolish thing was but a toy,
 For the rain it raineth every day.
But when I came to man's estate,
 With hey, ho, the wind and the rain,
'Gainst knaves and thieves men shut their gate,
 For the rain it raineth every day.
But when I came, alas, to wive,
 With hey, ho, the wind and the rain,
By swaggering could I never thrive,
 For the rain it raineth every day.
But when I came unto my bed,
 With hey, ho, the wind and the rain,
With toss-pots still had drunken head,
 For the rain it raineth every day.
A great while ago the world begun,
 With hey, ho, the wind and the rain : —
But that's all one, our play is done,
 And we'll strive to please you every day.

Je jouais de mille façons
     Puisqu'il pleut le jour et la nuit.
Mais quand je fus un homme enfin,
Dans le vent, ohé ! dans la pluie,
À la porte on mit les coquins,
Puisqu'il pleut le jour et la nuit.
Mais quand vint, hélas ! le mariage
Dans le vent, ohé ! dans la pluie,
On ne compta plus les outrages
Puisqu'il pleut le jour et la nuit.
Mais quand je gagnai ma chambrette,
Dans le vent, ohé ! dans la pluie,
Plus moyen de trouver ma tête,
Puisqu'il pleut le jour et la nuit.
Le monde est là depuis longtemps,
Dans le vent, ohé ! dans la pluie,
Et pour votre contentement,
Nous jouerions le jour et la nuit.

Traduction Bernard Noël

OTHELLO

OTHELLO

(1603)

Jouée pour la première fois à Whitehall, en 1604, devant le nouveau roi James Ier, mais imprimée seulement en 1621, cette tragédie a pour sujet principal la jalousie, thème universel, et aussi la félonie avec les insinuations répétées de Iago, l'enseigne d'Othello. Le Maure de Venise, généralissime des armées du Doge, a rendu bien des services à la Sérénissime. Cependant, on admet difficilement qu'il ait épousé une jeune fille blanche, Desdémone, de surcroît fille de sénateur. À la suite des plaintes du père de la jeune fille, Othello est amené à se défendre devant le Doge en personne. Deux choses nous sont ainsi révélées, à travers la simplicité de son récit: qu'il est un formidable conteur, et que Desdémone, avec son cœur sensible aux exploits et aux malheurs de celui qu'elle aime, est parfaitement étrangère à l'idée même de racisme. C'est aussi une bonne scène d'exposition pour présenter le personnage ainsi que sa carrière.

ACT I, scene 3

OTHELLO

Her father lov'd me, oft invited me,
Still question'd me the story of my life,
From year to year; the battles, sieges, fortune
That I have pass'd :
I ran it through, even from my boyish days,
To th'very moment that he bade me tell it.
Wherein I spake of most disastrous chances :
Of moving accidents by flood and field,
Of hair-breadth scapes i'th'imminent deadly breach;
Of being taken by the insolent foe,
And sold to slavery, and my redemption thence,
And with it all my travels' history;
Wherein of antres vast, and deserts idle,
Rough quarries, rocks and hills, whose heads touch
heaven,
It was my hint to speak, such was the process :
And of the cannibals, that each other eat;
The Anthropophagi, and men whose heads
Do grow beneath their shoulders : this to hear
Would Desdemona seriously incline;
But still the house affairs would draw her thence,

ACTE I, scène 3

OTHELLO

Son père m'aimait bien, il m'invitait souvent, il me demandait l'histoire de ma vie, année par année, les batailles, les sièges, les hasards que j'avais traversés. Je parcourus tout depuis mes jours d'enfance jusqu'au jour où il m'en priait, mes bonnes et mes mauvaises fortunes, mes aventures éprouvantes sur terre et sur mer, la mort souvent esquivée d'un cheveu sur la brèche, ma capture par un ennemi arrogant, ma vente comme esclave, mon rachat, mes voyages. Cavernes fabuleuses, déserts de sable, fondrières, rochers géants dressés en plein ciel, voilà comment j'imageai mon récit. Avec les cannibales qui s'entre-dévorent, les anthropophages, et ces hommes des forêts qui portent leur tête au-dessous des épaules. Toutes ces choses, Desdémone les écoutait gravement, et quand les soins de la maison l'obligeaient à se lever,

And ever as she could with haste dispatch,
Sh'ld come again, and with a greedy ear
Devour up my discourse; which I observing,
Took once a pliant hour, and found good means
To draw from her a prayer of earnest heart,
That I would all my pilgrimage dilate,
Whereof by parcel she had something heard,
But not intentively; I did consent,
And often did beguile her of her tears,
When I did speak of some distressed stroke
That my youth suffer'd : my story being done,
She gave me for my pains a world of sighs;
She swore i'faith 'twas strange, 'twas passing strange;
'Twas pitiful, 'twas wondrous pitiful;
She wish'd she had not heard it, yet she wished
That heaven had made her such a man :
    she thanked me,
And bade me, if I have a friend that lov'd her,
I should but teach him how to tell my story,
And that would woo he. Upon this hint, I spake :
She lov'd me for the dangers I had pass'd,
And I lov'd her that she did pity them.
This only is the witchcraft I have us'd.

elle les dépêchait au plus vite et, comme affamée du bruit de ma voix, revenait s'asseoir, en silence. Ayant remarqué cela, je saisis une heure favorable et trouvai le moyen d'arracher à son cœur le souhait d'en dire plus sur tout mon pèlerinage dont elle ne connaissait encore que des fragments. J'y consentis, sans arrière-pensée, et souvent, au passage de quelque malheur de ma jeunesse, je lui dérobai des larmes. Mon récit terminé, elle me donna, pour ma peine, un monde de soupirs, elle jura qu'en vérité tout cela était étrange, plus qu'étrange, que c'était déchirant, merveilleusement déchirant. Elle eût voulu, me disait-elle, ne pas l'avoir entendu, mais aussi que le Ciel eût créé pour elle un homme pareil. Elle me remercia et me dit que si j'avais un ami, qui l'aimât, cet ami n'aurait qu'à raconter à Desdémone l'histoire d'Othello, et que cela suffirait à la séduire. Sur ces mots transparents, je parlai. Elle m'aima pour les dangers que j'avais courus, et moi je l'aimai car ils l'apitoyaient. Tel est l'unique sortilège dont j'ai usé.

Traduction Georges Neveux

C'est Iago qui a dénoncé au père de Desdémone sa liaison avec le Maure: «Monsieur, votre fille et le Maure sont en train de faire la bête à deux dos.» Iago, d'autre part, s'est vu refuser l'avancement qu'il espérait. Il soupçonne fortement Othello d'avoir couché avec sa propre femme, Émilia, suivante de Desdémone. Par vengeance, il va lentement insuffler à son maître le poison de la jalousie en lui faisant croire que Desdémone le trompe avec un de ses lieutenants, Cassio.

ACT V, scene 2

OTHELLO

It is the cause, it is the cause, my soul,
Let me not name it to you, you chaste stars!
It is the cause, yet I'll not shed her blood,
Nor scar that whiter skin of hers than snow,
And smooth as monumental alabaster;
Yet she must die, else she'll betray more men.
Put out the light, and then put out the light.
If I quench thee, thou flaming minister,
I can again thy former light restore,
Should I repent me; but once put out thine,
Thou cunning pattern of excelling nature,
I know not where is that Promethean heat
That can thy light return: when I have pluck'd
    the rose
I cannot give it vital growth again,
It must needs wither; I'll smell it on the tree:

La calomnie fait son chemin, quelques fausses preuves maté-
rielles, un mouchoir en possession de Cassio, et voilà la jalousie
d'Othello à son paroxysme. Pour laver son honneur, perdant
presque la tête dans les affres de la jalousie, et cependant lucide,
a-t-il un autre recours que de faire passer de vie à trépas celle qu'il
croit désormais infidèle ?

ACTE V, scène 2

OTHELLO

Telle est la cause, telle est la cause, mon âme,
Je n'ose pas la nommer devant vous, chastes étoiles !
Telle est la cause, pourtant je ne veux pas verser de
    sang,
Ni déchirer cette peau plus blanche que la neige,
Et lisse comme l'albâtre des tombeaux ;
Pourtant elle doit mourir, sinon elle trahira d'autres
    hommes.
Éteindre cette lumière, et puis éteindre cette
    lumière.
Si je souffle sur toi, ministre flamboyant,
Je peux restaurer ta lumière première,
Si le regret me vient ; mais si j'éteins la tienne,
Toi, le modèle achevé de la nature parfaite,
Je ne sais pas où est le feu prométhéen
Qui peut ranimer ta lumière : la rose une fois cueillie,
Je ne peux plus lui rendre sa croissance vitale,
Elle ne peut que se faner ; je veux la respirer sur la
    tige :

A balmy breath, that doth almost persuade
Justice herself to break her sword. Once more.

He kisses her.

Be thus when thou art dead, and I will kill thee,
And love thee after. Once more, and this the last!
So sweet was ne'er so fatal : I must weep,
But they are cruel tears; this sorrow's heavenly,
It strikes when it does love.

ACT V, scene 2

OTHELLO

Soft you, a word or two :
I have done the state some service, and they know't;
No more of that : I pray you, in your letters,
When you shall these unlucky deeds relate,

Ô souffle embaumé, qui pourrait presque per-
  suader
La Justice elle-même de briser son glaive. Encore
  une fois.

Il l'embrasse.

Sois ainsi, quand tu seras morte, et je vais te tuer,
Et t'aimerai après. Encore un baiser, le dernier !
Jamais douceur ne fut aussi fatale : il faut que je
  pleure,
Mais ce sont des larmes cruelles ; ce chagrin est
  céleste,
Il frappe quand il aime.

On a vu, en particulier, Orson Welles magnifique dans le rôle
d'Othello. Certain de se trouver dans son droit, il étouffe l'épouse
innocente sous un oreiller. Dénoncé par Émilia, Iago est démas-
qué, Cassio réhabilité, mais Desdémone est bel et bien morte.
Comment Othello pourrait-il survivre maintenant, après la perte
de tout ce qui lui était le plus cher ?

ACTE V, scène 2

OTHELLO

Doucement, un mot ou deux :
J'ai rendu à l'État quelque service, et on le sait ;
N'en parlons plus : je vous en prie, dans vos lettres,
Quand vous relaterez ces événements funestes,

Speak of them as they are; nothing extenuate,
Not set down aught in malice; then must you speak
Of one that lov'd not wisely, but too well;
Of one not easily jealous, but being wrought,
Perplex'd in the extreme; of one whose hand,
Like the base Indian, threw a pearl away
Richer than all his tribe; of one whose subdu'd eyes,
Albeit unused to the melting mood,
Drops tears as fast as the Arabian trees
Their medicinal gum; set you down this,
And say besides, that in Aleppo once,
Where a malignant and a turban'd Turk
Beat a Venetian, and traduc'd the state,
I took by the throat the circumcised dog,
And smote him — thus.

He stabs himself.

Évoquez-les tels qu'ils sont ; sans rien atténuer,
Mais sans y mettre de haine ; puis vous devrez évo-
    quer
Un homme qui n'a pas aimé avec sagesse, mais avec
    excès ;
Un homme qui n'était pas facilement jaloux, mais
    qui, manipulé,
Perdit totalement la tête ; un homme dont la main,
Comme celle du vil Indien, rejeta une perle
Plus riche que toute sa tribu ; un homme dont les
    yeux vaincus,
Peu habitués à s'attendrir,
Versent des larmes autant que l'arbre d'Arabie
Sa gomme médicinale ; écrivez tout cela,
Et dites en outre qu'un jour, dans Alep,
Alors qu'un Turc malveillant et enturbanné
Battait un Vénitien, et dénigrait l'État,
Je pris par la gorge ce chien circoncis
Et le frappai ainsi.

                                    Il se poignarde.

        Traduction Jean-Michel Déprats

THE TRAGEDY OF KING LEAR

LE ROI LEAR

(1605)

Jouée dès 1594 au théâtre de la Rose, figurant, sans doute d'après une copie de souffleur, dans le Folio de 1623 entre *Hamlet* et *Othello*, bien qu'elle leur fût apparemment postérieure ; l'histoire fait partie du folklore anglo-saxon, et Shakespeare s'est peut-être également inspiré de *La Reine des fées* de Spenser.

Lear, c'est la tragédie de la vieillesse. Ayant réuni ses trois filles pour leur partager ses biens et pour qu'elles lui manifestent leur reconnaissance ainsi que leur amour, le vieux roi ne reçoit des deux aînées, Réjane et Goneril, que des déclarations hypocrites. Mais la plus jeune, Cordélia, sa préférée, refuse, par sincérité, de s'exprimer, alors même qu'il souhaitait la favoriser et lui offrait au moins deux beaux partis : le roi de France et le duc de Bourgogne. Son père la bannit impitoyablement.

« La décision de Lear, parce qu'elle est arbitraire et illogique, crée la situation tragique, car elle va permettre au Mal de prospérer à ses dépens, pour amener le désordre, la guerre, la souffrance et la mort, prélude douloureux mais inévitable à tout rachat spirituel » (Henri Fluchère).

ACT I, scene 1

LEAR

Now our joy,
Although our last and least; to whose young love
The vines of France and milk of Burgundy
Strive to be interess'd, what can you say to draw
A third more opulent than your sisters? Speak.

CORDELIA

Nothing, my lord.

LEAR

Nothing?

CORDELIA

Nothing.

LEAR

Nothing will come of nothing, speak again.

ACTE I, scène 1

                Maintenant, toi, notre joie,
Bien que la dernière et la plus jeune,
Toi dont vignobles de France et nectar de Bour-
    gogne
Se disputent le jeune amour, que diras-tu pour
    recueillir
Un tiers plus riche que tes sœurs ? Parle.

CORDÉLIA

Rien, monseigneur.

LEAR

Rien ?

CORDÉLIA

Rien.

LEAR

De rien il ne sortira rien. Parle encore.

CORDELIA

Unhappy that I am, I cannot heave
My heart into my mouth : I love your majesty
According to my bond, no more nor less.

LEAR

How, how, Cordelia? Mend your speech a little,
Lest you may mar your fortunes.

CORDELIA

                Good my lord,
You have begot me, bed me, lov'd me. I
Return those duties back as are right fit,
Obey you, love you, and most honour you.
Why have my sisters husbands, if they say
They love you all? Happily when I shall wed,
That lord whose hand must take my plight shall carry
Half my love with him, half my care and duty;
Sure, I shall never marry like my sisters
To love my father all.

LEAR

But goes thy heart with this?

CORDELIA

                Ay, my good lord.

LEAR

So young and so untender?

CORDÉLIA

Malheureuse que je suis, je ne puis élever
Mon cœur jusqu'à mes lèvres. J'aime Votre Majesté
Selon mon devoir, ni plus ni moins.

LEAR

Comment, comment, Cordélia! Corrige un peu ta
    réponse,
Si tu ne veux pas ruiner ta fortune.

CORDÉLIA

                        Mon bon seigneur,
Vous m'avez engendrée, nourrie, aimée.
En retour, je vous rends les devoirs qui s'imposent,
La soumission, l'amour et le respect.
Pourquoi mes sœurs ont-elles des époux,
Puisqu'elles disent vous aimer seul? Quand je me
    marierai,
Peut-être mon époux prendra-t-il avec lui
Une moitié de mon amour, de mes devoirs et de
    mes soins.
Non, je ne me marierai jamais comme mes sœurs
Pour réserver à mon père seul tout mon amour.

LEAR

Ton cœur s'accorde-t-il avec cela?

CORDÉLIA

                    Oui, mon bon seigneur.

LEAR

Si jeune et si peu de tendresse!

CORDELIA

So young, my lord, and true.

LEAR

Let it be so, thy truth then be thy dower.
For, by the sacred radiance of the sun,
The mysteries of Hecate, and the night,
By all the operation of the orbs,
From whom we do exist and cease to be,
Here I disclaim all my paternal care,
Propinquity and property of blood,
And as a stranger to my heart and me
Hold thee from this forever. The barbarous Scythian,
Or he that makes his generation messes
To gorge his appetite, shall to my bosom
Be as well neighbour'd, pitied, and reliev'd
As thou my sometime daughter.

CORDÉLIA

Si jeune, monseigneur, et sincère !

LEAR

Soit. Que ta sincérité soit donc ta seule dot !
Car, par les rayons sacrés du soleil,
Les mystères d'Hécate et de la nuit,
Par toutes les puissances de ces astres
Qui règlent notre vie et notre mort,
J'abjure ici tout soin paternel, les liens du sang, de la
    nature,
Et pour jamais je te déclare étrangère à mon cœur.
Le Scythe barbare, ou qui se gorge du sang de ses
    enfants,
Pour assouvir son appétit, trouvera dans mon cœur,
Autant de charité, de pitié et d'appui
Que toi, jadis ma fille.

Traduction Jean-Louis Curtis

Mais peu après, ce sont Réjane et Goneril qui le chassent à son tour, dans la seule compagnie d'une misérable suite. Alors débute une longue errance, où Lear, déjà à demi fou, et accompagné d'un autre fou, de cour celui-là, qui assène à la ronde, tel est son rôle auprès des puissants ou de ceux qui l'ont été, quelques vérités bien senties. Décor : une lande déserte, sous l'orage.

ACT III, scene 2

LEAR

Blow, winds, and crack your cheeks! Rage, blow,
You cataracts and hurricanoes, spout
Till you have drench'd our steeples, drown'd the cocks!
You sulph'rous and thought-executing fires,
Vaunt-couriers of oak-cleaving thunderbolts,
Singe my white head! And thou, all-shaking thunder,
Strike flat the thick rotundity o'th'world,
Crack Nature's moulds, all germens spill at once
That makes ingrateful man!

FOOL

O nuncle, court holy-water in a dry house is better than
this rain-water out o'door. Good nuncle, in, ask thy
daughters' blessing! Here's a night pities neither wise
men nor fools.

LEAR

Rumble thy bellyful; spit, fire! spout, rain!
Nor rain, wind, thunder, fire are my daughters;
I tax not you, you elements, with unkindness.
I never gave you my kingdom, call'd you children,

ACTE III, scène 2

LEAR

Soufflez, vents, à crever vos joues ! Faites rage, souf-
flez !
Vous trombes d'eau et déluges, jaillissez
Jusqu'à inonder nos clochers, et noyer leurs
girouettes !
Vous, sulfureux éclairs prompts comme la pensée,
Avant-coureurs de la foudre qui fend le chêne,
Brûlez ma tête blanche ! Et toi, tonnerre qui tout
ébranles,
Aplatis l'épaisse rotondité du monde,
Fracasse les moules de la Nature, disperse d'un seul
coup tous les germes
Qui font l'homme ingrat !

LE FOU

Ô m'n'oncle, l'eau bénite de cour dans une maison
au sec vaut mieux que cette eau de pluie à ciel
ouvert. M'n'oncle, rentre implorer la bénédiction
de tes filles ! Voilà une nuit qui n'a pitié ni des sages
ni des fous.

LEAR

Gronde à pleine ventrée ; crache, feu ! jaillis, pluie !
Ni pluie, ni vent, ni tonnerre, ni feu ne sont mes
filles ;
Vous éléments, je ne vous taxe pas de cruauté.
Je ne vous ai jamais légué mon royaume, appelé mes
enfants,

You owe me no subscription. Then let fall
Your horrible pleasure. Here I stand your slave,
A poor, infirm, weak, and despis'd old man;
But yet I call you servile ministers,
That will with two pernicious daughters join
Your high engender'd battles 'gainst a head
So old and white as this. O, ho! 'tis foul!

FOOL

He that a house to put's head in has a good head-piece.

> *The codpiece that will house*
> *Before the head has any,*
> *The head and he shall louse;*
> *So beggars marry many.*
> *The man that makes his toe*
> *What he his heart should make,*
> *Shall of a corn cry woe,*
> *And turn his sleep to wake.*

For there was never yet fair woman, but she made
mouths in a glass.

LEAR

No, I will be the pattern of all patience,
I will say nothing.

Vous ne me devez aucune soumission. Que se déverse
Votre horrible plaisir. Me voici, votre esclave,
Pauvre vieillard, infirme, faible et méprisé ;
Pourtant je vous appelle ministres serviles,
Vous qui ligués à deux filles perfides
Lancez d'en haut vos bataillons contre une tête
Si vieille et si blanche. Oh ! oh ! C'est infâme !

LE FOU

Celui qui a une maison pour y fourrer sa tête a un
bon couvre-chef.

> *Quiconque loge sa braguette*
> *Avant d'avoir logé sa tête,*
> *La tête et lui auront des poux ;*
> *Le voilà misérable époux.*
> *L'homme qui fait de son orteil*
> *Un plus grand cas que de son cœur,*
> *D'un cor au pied bientôt en pleurs,*
> *En perdra vite le sommeil.*

Car il n'y a encore jamais eu de jolie femme qui ne
minaudât devant son miroir.

LEAR

Non, je serai le modèle de toute patience,
Je ne dirai rien.

C'est le fou qui présidera à une des scènes à la fois tragique et
comique de la pièce, celle où se déroule le simulacre de procès de
Réjane et de Goneril, sobrement représentées par des tabourets.
Puis c'est le vieux Gloucester, aveugle, que Lear, de plus en plus
fou, et couronné «de bardanes, de ciguë, d'orties, de fleurs de
coucou», selon la description de Cordélia, rencontre sur la lande
en compagnie de son fils Edgar.

ACT IV, scene 6

LEAR

What, art mad? A man may see how this world goes
with no eyes : look with thine ears. See how yond justice rails upon yond simple thief. Hark, in thine ear :
change places, and handy-dandy, which is the justice,
which is the thief? Thou hast seen a farmer's dog bark
at a beggar?

GLOUCESTER

Ay, sir.

LEAR

And the creature run from the cur? There thou mightst
behold the great image of authority. A dog's obey'd in
office.
Thou rascal beadle, hold thy bloody hand!
Why dost thou lash that whore? Strip thy own back;
Thou hotly lusts to use her in that kind
For which you whipp'st her. The usurer hangs the
      cozener.
Through tatter'd clothes great vices do appear :
Robes and furr'd gowns hide all. Plate sin with gold,

ACTE IV, scène 6

LEAR

Quoi, es-tu fou? Un homme peut voir comment va le monde sans ses yeux : regarde avec tes oreilles. Vois comme ce juge là-bas réprimande ce pauvre bougre de voleur. Écoute, que je te dise à l'oreille : change-les de place et, passez muscade, qui est le juge, qui est le voleur? Tu as vu un chien de fermier aboyer aux trousses d'un mendiant?

GLOUCESTER

Oui, Sire.

LEAR

Et la pauvre créature fuir devant le roquet? Eh bien tu as pu voir la grande image de l'autorité. Un chien au pouvoir se fait obéir.
Toi, canaille d'huissier, retiens ta main sanglante!
Pourquoi fustiger cette putain? Dénude ton propre
  dos;
Tu brûles du désir de faire avec elle
Ce pourquoi tu la fouettes. L'usurier pend le frau-
  deur.
Sous les habits troués les vices paraissent grands :
Robes et toges fourrées cachent tout. Cuirasse d'or
  le péché,

And the strong lance of justice hurtless breaks;
Arm it in rags, a Pigmy's straw does pierce it.
None does offend, none, I say, none. I'll able 'them;
Take that of me, my friend, who have the power
To seal th'accuser's lips. Get thee glass eyes,
And, like a scurvy politician, seem
To see the things thou dost not. Now, now, now, now!
Pull off my boots : harder, harder, so!

EDGAR

O matter and impertinency mix'd,
Reason in madness!

LEAR

If thou wilt weep my fortunes, take my eyes.
I know thee well enough, thy name is Gloucester.
Thou must be patient. We came crying hither :
Thou knows't the first time that we smell the air,
We wawl and cry. I will preach to thee : mark.

GLOUCESTER

Alack, alack the day!

LEAR

When we born, we cry that we are come
To this great stage of fools. This' a good block.

Et le glaive puissant de la justice s'y brise sans blesser ;
Harnache-le de haillons, la paille d'un Pygmée le
    transperce.
Personne n'est coupable, personne, dis-je, personne.
    Je me porte garant de tous ;
Apprends cela de moi, mon ami, qui ai le pouvoir
De sceller les lèvres de l'accusateur. Trouve-toi des
    yeux de verre
Et tel un politicien véreux, fais semblant
De voir les choses que tu ne vois pas. Allons, allons,
    allons, allons !
Retirez-moi mes bottes : plus fort, plus fort, ainsi !

EDGAR

Oh ! bon sens et délire mêlés,
Raison dans la folie !

LEAR

Si tu veux pleurer mes malheurs, prends mes yeux.
Je te connais assez bien ; ton nom est Gloucester,
Il te faut être patient. Nous venons au monde en
    pleurant :
Tu le sais, la première fois que nous humons l'air,
Nous vagissons et pleurons. Je vais te faire un sermon :
    écoute.

GLOUCESTER

Hélas ! malheureux jour !

LEAR

En naissant, nous pleurons de paraître
Sur ce grand théâtre des fous. Ceci est une bonne
    souche !

It were a delicate stratageme to shoe
A troop of horse with felt : I'll put't in proof,
And when I have stol'n upon these sons-in-law,
Then, kill, kill, kill, kill, kill, kill !

Ce serait un stratagème astucieux que de ferrer
De feutre un escadron de cavalerie ; j'essaierai cela,
Et quand j'aurai mis la main sur mes gendres,
Alors, tuez, tuez, tuez, tuez, tuez, tuez !

Traduction Jean-Michel Déprats

Ces idées de vengeance et de revanche, bien tardives, sont frei-nées par l'impuissance du vieillard et par sa déraison. Nul ne peut lui venir en aide désormais. En fait, c'est le remords qui le tenaille. Un seul être lui manque, et c'est Cordélia, qu'il regrette d'avoir bannie. Mais lorsqu'il la retrouve enfin, il est trop tard. Lear ne la reconnaît pas, sauf en une brève lueur, à la fin de leur scène. Il a définitivement cessé de lutter.

MACBETH

MACBETH

(1606)

Tirée des *Chroniques* de Holinshed, mais aussi d'autres chroniques écossaises, cette tragédie n'a paru que dans le Folio de 1623. Shakespeare l'a peut-être écrite pour complaire au nouveau roi James Ier qui adorait, paraît-il, les histoires de sorcières. Celles que rencontre Macbeth au retour d'une expédition victorieuse contre l'envahisseur norvégien ne lui prédisent que réussite : le titre de Glamis, mais il l'a déjà, celui de Cawdor, alors même que celui-ci est encore vivant, et surtout la royauté. Les événements donnent bientôt raison aux sorcières : Cawdor, accusé de trahison, est exécuté, et son titre échoit effectivement à Macbeth, des mains du roi Duncan, désormais seul obstacle à la suite de la prédiction.

Dès lors, la folle tentation de l'ambition politique s'empare de Macbeth, réputé pourtant honnête et fidèle. Qui résisterait à la perspective d'être roi, surtout quand Duncan et sa suite viennent s'installer pour la nuit dans le château même de Macbeth ?

Alors que l'on attend son arrivée, Lady Macbeth, qui a reçu la nouvelle de la prédiction, veut aider son mari à vaincre ses derniers scrupules.

ACT I, scene 5

LADY MACBETH

                         The raven himself is hoarse
That croaks the fatal entrance of Duncan
Under my battlements. Come, you spirits
That tend on mortal thoughts, unsex me here,
And fill me from the crown to the toe, top-full
Of direst cruelty. Make thick my blood,
Stop up th'access and passage to remorse,
That no compunctious visitings of nature
Shake my fell purpose, nor keep peace between
Th'effect and it. Come to my woman's breasts,
And take my milk for gall, you murth'ring ministers,
Wherever, in your sightless substances,
You wait on nature's mischief. Come, thick Night,
And pall thee in the dunnest smoke of Hell,
That my keen knife see not the wound it makes,
Nor Heaven peep through the blanket of the dark,
To cry "Hold, hold!"

Enter Macbeth.

           Great Glamis! worthy Cawdor!
Greater than both, by the all-hail hereafter!

ACTE I, scène 5

LADY MACBETH

Le corbeau lui-même s'enroue à croasser l'entrée
fatale de Duncan sous mes créneaux! Accourez,
esprits qui veillez sur les pensées de mort! Enlevez-
moi mon sexe, et du crâne à l'orteil, remplissez-moi,
faites-moi déborder de la plus atroce cruauté! Épais-
sissez mon sang; fermez en moi tout accès, tout passage au remords, qu'aucun retour compatissant de
la nature n'ébranle ma volonté farouche et ne se
dresse entre elle et l'exécution! Quel que soit le lieu
d'où vos invisibles substances président au crime de
la nature, vous, ministres du meurtre, prenez mes
seins de femme, et que le lait s'y change en fiel!
Viens, nuit épaisse, enveloppe-toi de la plus sombre
fumée de l'enfer, que mon poignard aigu ne voie
pas la blessure qu'il va faire et que le ciel, m'épiant
à travers la couverture des ténèbres, ne vienne point
me crier: «Arrête! arrête!»

Entre Macbeth.

Grand Glamis! digne Cawdor! plus grand qu'eux
deux par la consécration à venir!

Thy letters have transported me beyond
This ignorant present, and I feel now
The future in the instant.

MACBETH

My dear'st love,
Duncan comes here to-night.

LADY MACBETH

And when goes hence?

MACBETH

To-morrow, as he purposes.

LADY MACBETH

O, never
Shall sun that morrow see!
Your face, my thane, is as a book where men
May read strange matters : to beguile the time
Look like the time; bear welcome in your eye,
Your hand, your tongue : look like the innocent flower,
But be the serpent under't. He that's coming
Must be provided for : and you shall put
This night's great business into my dispatch;
Which shall to all our nights and days to come
Give solely sovereign sway and masterdom.

MACBETH

We will speak further.

LADY MACBETH

Only look up clear;
To alter favour is to fear :
Leave all the rest to me.

Ta lettre m'a transportée au-delà de ce présent d'ignorance, et je ne songe, en cet instant, qu'à l'avenir...

MACBETH

Mon très cher amour, Duncan arrive ici ce soir.

LADY MACBETH

Et quand s'en va-t-il?

MACBETH

Demain... à ce qu'il se propose...

LADY MACBETH

Oh! jamais le soleil ne doit voir ce demain! Votre visage, mon thane, est un livre où l'on peut lire d'étranges matières... Pour tromper le monde, ressemblez au monde. Portez la bienvenue dans l'œil, sur la main, sur la langue, ressemblez à la fleur innocente, mais soyez en dessous le serpent... Celui qui vient, nous nous devons de bien le traiter, et la grande affaire de cette nuit qui, à toutes nos nuits, à tous nos jours futurs, donnera puissance et domination souveraines, vous m'en laisserez la charge...

MACBETH

Nous en reparlerons.

LADY MACBETH

Que seulement votre front reste clair; craignez de changer de visage, le reste m'appartient.

ACT I, scene 7

MACBETH

If it were done when'tis done, then 'twere well
It were done quickly : if th'assassination
Could trammel up the consequence, and catch,
With his surcease, success; that but this blow
Might be the be-all and the end-all here,
But here, upon this bank and shoal of time,
We'd jump the life to come. But in these cases
We still have judgment here; that we but teach
Bloody instructions, which, being taught, return
To plague the inventor : this even-handed-justice
Commands the ingredients of our poison'd chalice
To our own lips. He's here in double trust :
First, as I am his kinsman and his subject,
Strong both against the deed; then, as his host,
Who should against his murderer shut the door,
Not bear the knife myself. Besides, this Duncan
Hath borne his faculties so meek, hath been
So clear in his great office, that his virtues
Will plead like angels, trumpet-tongu'd, against
The deep damnation of his taking-off;

Macbeth, cependant, hésite encore, torturé par ce dilemme entre l'acte du meurtre et sa fidélité au roi Duncan. Il est, pour l'instant, lucide, et témoigne même, avant d'accomplir l'irréparable, d'une certaine morale.

ACTE I, scène 7

MACBETH

Si c'était fait, lorsque c'est fait, il faudrait le faire vite. Si l'assassinat jetait le filet sur toutes les conséquences et capturait en les supprimant le succès; si le coup était tout et la fin de tout ici-bas, sur le banc de sable et le haut-fond de ce monde, nous risquerions la vie future... Mais dans ces affaires-là, on nous juge ici même, nous donnons de sanglantes leçons qui se retournent contre leur maître... La justice à la main équitable présente à nos propres lèvres les ingrédients du calice que nous avons empoisonné... Il est ici sous double sauvegarde. D'abord, je suis son parent et son sujet: deux raisons puissantes contre l'acte... Ensuite, je suis son hôte et je devrais barrer la porte au meurtrier, non porter moi-même le couteau... Et, enfin, ce Duncan fut si doux sur son trône, si intègre dans sa haute fonction que ses vertus plaideront comme d'angéliques trompettes contre le crime damné de sa disparition!...

And Pity, like a naked new-born babe,
Striding the blast, or heaven's cherubin, hors'd
Upon the sightless couriers of the air,
Shall blow the horrid deed in every eye,
That tears shall drown the wind. — I have no spur
To prick the sides of my intent, but only
Vaulting ambition, which o'erleaps itself,
And falls on the other.

ACT V, scene 1

DOCTOR

I have two nights watch'd with you, but can perceive no
truth in your report. When was it she last walk'd?

Et la pitié, pareille à un nouveau-né tout nu chevau-
chant la tempête, ou à quelque chérubin céleste
montant les coursiers aveugles de l'air, soufflera l'acte
horrible dans les yeux de chacun jusqu'à noyer le
vent parmi les larmes!... Je n'ai d'autre éperon,
pour aiguillonner les flancs de mon dessein, que
l'ambition qui, sautant en selle, dépasse son but et
retombe de l'autre côté.

Le titre adopté par le cinéaste japonais Akira Kurosawa, en
1957, pour sa libre adaptation de *Macbeth* était *Le Château de l'Araignée*. Et c'est bien dans une toile d'araignée, tissée par lui-même,
qu'est pris l'ambitieux Macbeth. Il assassine Duncan, de ses
propres mains, en essayant de faire retomber le crime sur ses
gardes du corps endormis. Macbeth, avec la complicité de deux
assassins, fait également disparaître Banquo, dont les sorcières ont
prédit que la lignée de celui-ci évincerait la sienne, mais il ne peut
éviter son fantôme au cours d'un repas offert à tous ses vassaux,
alors que Lady Macbeth, vers la fin de la pièce, exhale son remords
dans une spectaculaire et célèbre scène de somnambulisme, avec la
fameuse phrase sur les parfums d'Arabie, scène qui a fait le succès
de toutes les grandes tragédiennes, entre autres Maria Casarès au
TNP de Jean Vilar, avec ce dernier dans le rôle-titre.

ACTE V, scène 1

LE MÉDECIN

J'ai veillé deux nuits avec vous, mais ne puis découvrir aucune vérité dans votre récit. Quand s'est-elle
ainsi promenée pour la dernière fois?

GENTLEWOMAN

Since his majesty went into the field, I have seen her
rise from her bed, throw her nightgown upon her,
unlock her closet, take forth paper, fold it, write upon't,
afterwards seal it, and again return to bed; yet all this
while in a most fast sleep.

DOCTOR

A great perturbation in nature, to receive at once the
benefit of sleep and do the effects of watching. In this
slumb'ry agitation, besides her walking, and other actual
performances, what, at any time, have you heard her
say?

GENTLEWOMAN

That, sir, which I will not report after her.

DOCTOR

You may to me; and 'tis most meet you should.

GENTLEWOMAN

Neither to you nor anyone, having no witness to con-
firm my speech.

Enter Lady Macbeth, with a taper.

Lo you, here she comes. This is her very guise, and,
upon my life, fast asleep : observe her, stand close.

LA DAME

Depuis que Sa Majesté est entrée en campagne, je l'ai vue se lever de son lit, jeter sur elle sa robe de chambre, ouvrir son cabinet, prendre du papier, le plier, écrire dessus, le lire, ensuite le sceller et retourner au lit; tout cela pourtant dans le plus profond sommeil.

LE MÉDECIN

Cela annonce un grand désordre de la nature que de recevoir ainsi les bienfaits du sommeil et d'agir comme en état de veille! Dans cette agitation endormie, outre ses promenades et autres actes concrets, par moments, que lui avez-vous entendu dire?

LA DAME

Ce que je ne veux pas répéter après elle, monsieur.

LE MÉDECIN

Vous le pouvez à moi, il convient même que vous le fassiez.

LA DAME

Ni à vous ni à personne, n'ayant pas de témoin pour confirmer mes paroles.

Entre Lady Macbeth avec un flambeau.

Tenez, la voici qui vient! C'est bien sa façon; et, sur ma vie, profondément endormie. Observez-la : dissimulez-vous...

DOCTOR

How came she by that light?

GENTLEWOMAN

Why, it stood by her. She has light by her continually.
'Tis her command.

DOCTOR

You see her eyes are open.

GENTLEWOMAN

Ay, but their sense are shut.

DOCTOR

What is it she does now? Look how she rubs her hands.

GENTLEWOMAN

It is an accustom'd action with her, to seem thus wash-
ing her hands: I have known her continue in this a
quarter of an hour.

LADY MACBETH

Yet here's a spot.

DOCTOR

Hark, she speaks. I will set down what comes from her,
to satisfy my remembrance the more strongly.

LADY MACBETH

Out, damned spot; out, I say. One, two. Why, then
'tis time to do't. Hell is murky. Fie, my lord, fie, a soldier and

LE MÉDECIN

Comment s'est-elle procuré cette lumière?

LA DAME

Eh bien, elle était à son côté; elle a de la lumière
près d'elle continuellement; c'est son ordre.

LE MÉDECIN

Vous voyez, ses yeux sont ouverts.

LA DAME

Oui. Mais leur sens est fermé…

LE MÉDECIN

Que fait-elle maintenant? Voyez comme elle se frotte
les mains.

LA DAME

C'est un geste qui lui est habituel d'avoir l'air de se
laver les mains. Je l'ai vue le faire ainsi pendant un
quart d'heure.

LADY MACBETH

Il y a toujours là une tache…

LE MÉDECIN

Écoutez! elle parle. Je vais noter tout ce qu'elle dira
pour fixer mieux mon souvenir.

LADY MACBETH

Va-t'en, tache damnée! Va-t'en, dis-je… Une, deux!
eh bien, il est temps de le faire!… L'enfer est
sombre!… Fi, monseigneur! Fi, un soldat avoir

afeared? What need we fear who knows it, when no one call our power to account? Yet who would have thought the old man to have had so much blood in him?

DOCTOR

Do you mark that?

LADY MACBETH

The thane of Fife had a wife. Where is she now? What, will these hands ne'er be clean? No more o'that, my lord, no more o'that : you mar all with this starting.

DOCTOR

Go to, go to. You have known what you should not.

GENTLEWOMAN

She has spoke what she should not, I am sure of that. Heaven knows what she has known.

LADY MACBETH

Here's the smell of the blood still : all the perfumes of Arabia will not sweeten this little hand. Oh, oh, oh!

DOCTOR

What a sigh is there! The heart is sorely charg'd.

GENTLEWOMAN

I would not have such a heart in my bosom, for the dignity of the whole body.

peur!... Pourquoi redouter qu'on le sache, quand nul ne peut demander des comptes à notre souveraineté?... Mais qui donc aurait cru que le vieillard eût encore en lui tant de sang?

LE MÉDECIN

Vous remarquez?

LADY MACBETH

Le thane de Fife avait une femme : où est-elle à présent?... Quoi! ces mains ne seront jamais nettes?... Assez, monseigneur, assez, vous gâchez tout en tressaillant ainsi!...

LE MÉDECIN

Allez, allez! vous avez entendu ce que vous ne deviez pas entendre.

LA DAME

Elle a dit ce qu'elle ne devait pas dire, j'en suis sûre... Dieu sait ce qu'elle a connu...

LADY MACBETH

Il y a encore l'odeur du sang... Tous les parfums de l'Arabie ne purifieront pas cette petite main-là!... Oh! oh! oh!

LE MÉDECIN

Quel soupir! Son cœur est douloureusement chargé.

LA DAME

Je ne voudrais pas avoir un pareil cœur dans ma poitrine, pour toutes les dignités du corps entier.

DOCTOR

Well, well, well.

GENTLEWOMAN

Pray God it be, sir.

DOCTOR

This disease is beyond my practice. Yet I have known those which have walk'd in their sleep, who have died holily in their beds.

LADY MACBETH

Wash your hands, put on your nightgown, look not so pale. I tell you again. Banquo's buried; he cannot come out on's grave.

DOCTOR

Even so?

LADY MACBETH

To bed, to bed. There's knocking at the gate. Come, come, come, come, give me your hand. What's done cannot be undone. To bed, to bed, to bed.

Exit.

DOCTOR

Will she go now to bed?

GENTLEWOMAN

Directly.

LE MÉDECIN

Bien, bien, bien.

LA DAME

Priez Dieu qu'il en soit ainsi, monsieur…

LE MÉDECIN

Cette maladie dépasse ma science; cependant, j'ai connu des gens qui se sont promenés dans leur sommeil et sont morts saintement dans leur lit.

LADY MACBETH

Lavez vos mains, mettez votre robe de nuit, ne soyez pas si pâle… Je vous le répète… Banquo est enterré; il ne peut sortir de sa tombe…

LE MÉDECIN

Cela aussi?

LADY MACBETH

Au lit! au lit!… On frappe à la porte. Venez, venez, venez, venez, donnez-moi votre main… Ce qui est fait ne peut être défait… Au lit! au lit! au lit!

Sort Lady Macbeth.

LE MÉDECIN

Va-t-elle se recoucher, maintenant?

LA DAME

Directement.

DOCTOR

Foul whisperings are abroad. Unnatural deeds
Do breed unnatural troubles; infected minds
To their deaf pillows will discharge their secrets.
More needs she the divine than the physician.
God, God forgive us all! Look after her,
Remove from her the means of all annoyance,
And still keep eyes upon her. So, good night,
My mind she has mated, and amaz'd my sight.
I think, but dare not speak.

GENTLEWOMAN

Good night, good doctor.

ACT V, scene 5

MACBETH

I have almost forgot the taste of fears.
The time has been my senses would have cool'd
To hear a night-shriek, and my fell of hair
Would at a dismal treatrise rouse, and stir,

LE MÉDECIN

De vilains murmures circulent. Des actes contre
nature engendrent des désordres contre nature. Les
consciences souillées déchargent leurs secrets sur les
oreillers sourds. Elle a plutôt besoin du prêtre que
du médecin. Dieu, Dieu, pardonne-nous à tous !
Veillez sur elle. Éloignez d'elle tout moyen de se
nuire et ne la perdez pas de vue. Sur ce, bonne nuit.
Elle a confondu mon esprit et étonné mes yeux. Je
pense, mais je n'ose parler…

LA DAME

Bonne nuit, bon docteur.

Confiant dans les dernières prédictions des sorcières — nul
être né d'une femme ne peut avoir raison de lui, et nul ne peut
l'atteindre tant que la forêt de Birnam ne se mettra pas en marche
sur Dunsinane, où il s'est replié —, Macbeth se livre en attendant
l'ennemi, sur ses remparts, à une splendide méditation dont la
dernière phrase a donné un titre au grand romancier William
Faulkner.

ACTE V, scène 5

MACBETH

J'ai presque oublié le goût de la peur. Il fut un
temps où un cri, poussé dans la nuit, m'eût glacé les
sens, où toute ma chevelure, au récit d'un malheur,
se fût hérissée sur ma tête.

As life were in't. I have supp'd full with horrors,
Direness familiar to my slaughterous thoughts
Cannot once star me. Wherefore was that cry?

SEYTON

The queen, my lord, is dead.

MACBETH

She should have died hereafter.
There would have been a time for such a word:
Tomorrow, and tomorrow, and tomorrow,
Creeps in this petty pace from day to day,
To the last syllable of recorded time,
And all our yesterdays have lighted fools
The way to dusty death. Out, out, brief candle,
Life's but a walking shadow, a poor player,
That struts and frets his hour upon the stage,
And then is heard no more. It is a tale
Told by an idiot, full of sound and fury,
Signifying nothing.

Je suis gorgé d'horreur!... L'effroi, familier de mes
pensées de meurtre, ne peut plus me faire tres-
saillir...
Pourquoi ce cri?

SEYTON

La reine est morte, monseigneur.

MACBETH

Elle aurait dû mourir plus tard. Alors, il y aurait eu
le temps pour un tel mot!... Demain, puis demain,
puis demain, rampe à petits pas, de jour en jour, jusqu'à la dernière syllabe du temps imparti; et tous
nos hiers ont éclairé pour des fous le chemin vers la
mort poussiéreuse. Éteins-toi, éteins-toi, court flambeau! La vie n'est qu'une ombre qui passe, un
pauvre histrion qui se pavane et s'échauffe une
heure sur la scène et puis qu'on n'entend plus...
Une histoire contée par un idiot, pleine de bruit et
de fureur, et qui ne veut rien dire.

Traduction Maurice Maeterlinck

THE TRAGEDY OF ANTHONY AND CLEOPATRA

ANTOINE ET CLÉOPÂTRE

(1607)

Il n'est pas besoin d'en savoir très long sur l'histoire de l'Antiquité pour connaître Cléopâtre, cette reine d'Égypte dont le nez, s'il eût été plus court, eût changé, selon Pascal, la face du monde. Elle a été maintes fois interprétée au cinéma, en particulier par Elizabeth Taylor dans un film qui a beaucoup fait parler de lui. De tout temps, de Jodelle à George Bernard Shaw, on a écrit sur elle et sur ses amours tumultueuses, avec César d'abord, puis avec Marc-Antoine dont elle a eu trois enfants qui ont reçu tous trois la couronne royale. On a souvent jugé qu'elle n'était qu'une courtisane, c'est oublier son important rôle politique puisque, en annexant à l'Égypte plusieurs territoires romains, elle a formidablement élargi la puissance de son pays, au point d'inquiéter Rome. Mais c'est celle-ci qui a eu le dernier mot. Octave ayant déclaré la guerre et remporté la bataille d'Actium, Antoine et elle n'eurent d'autre recours que le suicide pour échapper à leur destin de vaincus. Dans cette scène mémorable, Iras et Charmian sont les suivantes de la reine, mais l'accessoire principal est, apportée par un paysan, une corbeille contenant des aspics hautement venimeux.

ACT V, scene 2

Give me my robe, put on my crown; I have
Immortal longings in me : now no more
The juice of Egypt's grape shall moist this lip : —
Yare, yare, good Iras; quick. — Methinks I hear
Antony call; I see him rouse himself
To praise my noble act; I hear him mock
The luck of Caesar, which the gods give men
To excuse their after wrath : — husband, I come :
Now to that name my courage prove my title!
I am fire and air; my other elements
I give to baser life. — So, — have you done?
Come then, and take the last warmth of my lips.
Farewell, kind Charmian; — Iras, long farewell.

Kisses them. Iras falls and dies.

Have I the aspic in my lips? Dost fall?
If thou and nature can so gently part,
To stroke of death is as a lover's pinch,
Which hurts, and is desir'd. Dost thou lie still?
If thus thou vanished, thou tell'st the world
It is not worth leave-taking.

ACTE V, scène 2

CLÉOPÂTRE

Donne-moi mon manteau. Mets-moi ma couronne...
Je sens en moi une soif immortelle. Jamais plus le jus
de la vigne d'Égypte ne viendra rafraîchir cette
lèvre... Fais vite, Iras! hâte-toi... Je crois entendre
Antoine qui m'appelle; je le vois se lever pour louer
mon noble geste. Je l'entends se moquer de la fortune de César, vain présent que les dieux accordent
pour justifier plus tard leur courroux... Antoine, me
voici, ton épouse. Mon courage veut mériter ce
titre... Je ne suis plus que du feu, que de l'air; mes
autres éléments, je les laisse en pâture à la vie vulgaire... Eh bien, tout est-il prêt?... Cueillez la dernière chaleur de mes lèvres. Adieu, mes douces
Charmian, Iras; un long adieu...

Elle les embrasse. Iras tombe et meurt.

L'aspic est-il donc sur mes lèvres?... Morte?... Quoi!
le nœud si facilement se défait? Ah! vraiment ton
étreinte, ô mort, est pareille à celle d'un amant; elle
blesse, mais on la désire... Iras, dors-tu tranquille?...
Tu t'en vas doucement, nous montrant que le monde
ne vaut pas qu'on lui dise adieu.

CHARMIAN

Dissolve, thick cloud, and rain; that I may say
The gods themselves do weep!

CLEOPATRA

      This proves me base :
If she first meet the curled Antony,
He'll make demand of her, and spend that kiss
Which is my heaven to have. — Come, thou mortal
 wretch,

   To an asp, which she applies to her breast.

With thy sharp teeth this knot intrinsicate
Of life at once untie : poor venomous fool,
Be angry and dispatch. O, couldst thou speak,
That I might hear thee call great Caesar ass
Unpolicied!

CHARMIAN

O eastern star!

CLEOPATRA

   Peace, peace!
Dost thou not see my baby at my breast,
That sucks the nurse asleep?

CHARMIAN

     O, break! O, break!

CLEOPATRA

As sweet as balm, as soft as air, as gentle, —
O Antony! — Nay, I will take thee too : —

CHARMIAN

Nuages épais, répandez vos averses, et je pourrai dire que les dieux eux-mêmes sont en pleurs !

CLÉOPÂTRE

Sa mort m'accuse de lâcheté. Si elle rencontre avant moi mon Antoine aux belles boucles, elle me volera peut-être ce baiser dont je veux faire tout mon ciel. Viens, blessure mortelle !

Elle applique l'aspic à son sein.

Tes dents aiguës sauront trancher d'un coup le nœud embrouillé de la vie. Fâche-toi, petit fou venimeux ! Finissons-en ! Si tu pouvais parler, tu dirais que le grand César n'est qu'un âne.

CHARMIAN

Étoile du levant !

CLÉOPÂTRE

Silence ! Silence ! Vois sur mon sein le nourrisson : en tétant sa nourrice, il l'endort.

CHARMIAN

Oh ! cessez, madame.

CLÉOPÂTRE

Suave autant que la myrrhe, aussi léger que l'air, aussi doux... Ô Antoine ! Viens ! je vais te nourrir aussi.

Applying another asp to her arm.

What should I stay —

Dies.

Elle applique à son bras un second aspic.

Pourquoi demeurer plus longtemps?

Elle meurt.

Traduction André Gide

THE TRAGEDY OF CORIOLANUS

CORIOLAN

(1607)

Le peuple de Rome est violemment en colère: la famine, la guerre. Il se révolte contre le prix du blé et les décisions du Sénat. Caïus Martius, surnommé Coriolan parce qu'il a vaincu les Volsques à Corioles, est, lui, indifférent aux problèmes qui se posent à lui, et traite le peuple de haut. Sur l'instigation des patriciens, il se présente néanmoins à ses suffrages pour être élu consul. Son orgueil et son arrogance l'en empêcheront. Après un dur affrontement avec les citoyens d'une cité sous la menace de la famine et de l'invasion ennemie, il est rejeté et condamné à l'exil. Il trahit en s'alliant à l'ennemi qu'il vient de combattre: seules les supplications de sa mère, Volumnia, le retiennent de détruire sa ville natale. Ce sont alors les Volsques qui l'accusent de trahison, et leur chef, Aufidius, le fait assassiner. Une ère nouvelle commence pour Rome.

Cette œuvre de Shakespeare, bien qu'elle se situe dans la Rome antique, pourrait nous renseigner utilement sur ses idées en politique. Elle se présente ainsi comme un épisode historique de la lutte des classes, lutte souvent fratricide dans laquelle on peut trouver, outre la peinture d'un caractère à la vertu bien romaine, sans illusion et sans concession, des résonances intemporelles.

ACT I, scene 1

MARTIUS

          What would you have, you curs,
That like nor peace nor war? The one affrights you,
The other makes you proud. He that trusts to you,
Where he should find you lions, find you hares,
Where foxes, geese. You are no surer, no,
Than is the coal of fire upon the ice,
Or hailstone in the sun. Your virtue is,
To make him worthy whose offence subdues him,
And curse that justice did it. Who deserves greatness,
Deserves your hate, and your affections are.
A sick man's appetite, who desires most that
Which would increase his evil. He that depends
Upon your favours, swims with fins of lead,
And hews down oaks with rushes. Hang ye! Trust ye?
With every minute you do change a mind,
And call him noble that was now your hate,
Him vile that was your garland. What's the matter,
That in these several places of the city,
You cry against the noble senate, who

ACTE I, scène 1

MARTIUS

              Que voulez-vous, roquets,
Qui n'aimez ni la paix ni la guerre ? L'une vous effraie,
L'autre vous rend orgueilleux. Vous faire confiance,
C'est, au lieu de lions, vous découvrir des lièvres,
Au lieu de renards, des oies. Vous n'êtes pas plus
    sûrs, non,
Que le charbon de feu sur la glace,
Ou que grêle au soleil. Votre vertu est
D'exalter le criminel et de maudire
La justice qui l'a châtié. Qui mérite la grandeur
Mérite votre haine, et vos envies sont
L'appétit d'un malade, qui désire le plus
Ce qui aggrave son mal. Qui dépend
De vos faveurs nage avec des nageoires de plomb,
Et veut abattre un chêne avec des roseaux. La corde !
    Vous faire confiance ?
À chaque minute vous changez d'avis,
Et trouvez noble celui que vous haïssiez tout à l'heure,
Vil celui que vous couronniez. Qu'y a-t-il,
Pour qu'en plusieurs quartiers de la cité
Vous veniez crier contre le noble sénat, qui

(Under the gods) keep you in awe, which else
Would feed on one another? What's their seeking?

For corn at their own rates, whereof they say
The city is well stored.

          Hang'em! They say?
They'll sit by the fire, and presume to know
What's done i'the Capitol : who's like to rise,
Who thrives and who declines ; side factions and give out
Conjectural marriages, making parties strong,
And feebling such a stand not in their liking
Below their cobbled shoes. They say there's grain
    enough?
Would the nobility lay aside their ruth
And let me use my sword, I'd make a quarry
With thousands of these quarter'd slaves, as high
As I could pick my lance.

(Après les dieux) vous tient en respect, et vous
    empêche
De vous entre-dévorer ? Qu'est-ce qu'ils veulent ?

MÉNÉNIUS

Le blé à leur prix, dont ils disent
Que la cité regorge.

MARTIUS

          La corde ! Ils disent ?
Assis au coin du feu, ils prétendent savoir
Ce qui se fait au Capitole : qui a des chances de
    s'élever,
Qui prospère, qui décline ; ils épousent des factions,
    révèlent
Des alliances imaginaires, renforcent des partis,
Et ravalent ceux qui n'ont pas le bonheur de leur
    plaire
Plus bas que leurs savates rapetassées. Ils disent qu'il
    y a assez de grain ?
Si la noblesse mettait de côté sa miséricorde
Et me laissait prendre l'épée,
De milliers de ces esclaves écartelés je ferais un mas-
    sacre aussi haut
Que pourrait se planter ma lance.

Traduction Jean-Michel Déprats

THE LIFE OF TIMON OF ATHENS

TIMON D'ATHÈNES

(1607 ?)

Particularité : n'a jamais été jouée du vivant de Shakespeare, dont on a mis en doute, encore une fois, la paternité, mais seulement sous la Restauration et, du reste, on ne connaît pas la date précise de sa composition, dont Sir Walter Raleigh pensait qu'elle pouvait être une ébauche du *Roi Lear.*

Timon est l'homme généreux par excellence. Quémandeurs et solliciteurs se pressent dans son palais où il leur offre festins et cadeaux. Cependant, sa fortune n'est pas aussi inépuisable que lui-même le croit et, en dépit des avertissements de son intendant Flavius, un jour il se trouve ruiné. N'ayant plus d'intérêt à le fréquenter, chacun se détourne de lui, et nul ne lui vient en aide. Alors, dans un esprit de vengeance, il invite une dernière fois à festoyer ses anciens débiteurs. Tous, ils accourent, aussi avides qu'au début. Leur déconvenue va être à la hauteur de leur cupidité et de leur manque de reconnaissance envers leur hôte, qui leur fait servir... de l'eau chaude. C'est Timon qui, néanmoins, a reçu une bonne leçon. L'homme généreux, le bienfaiteur, se change tout à coup en misanthrope et, seul, réfugié dans les bois, il exprime en un long monologue son amertume et son désamour de l'humanité. Mais en piochant, il va trouver... de l'or.

ACT IV, scene 3

TIMON, *in the woods.*

O blessed breeding sun, draw from the earth
Rotten humidity; below thy sister's orb
Infect the air. Twinn'd brothers of one womb,
Whose procreation, residence and birth,
Scarce is dividant, touch them with several fortunes,
The greater scorns the lesser. Not nature
(To whom all sores lay siege) can bear great fortune
But by contempt of nature.
Raise me this beggar, and deny't that lord,
The senators shall bear contempt hereditary,
The beggar native honour.
Is it the pasture lards the brother's sides,
The want that makes him lean. Who dares, who dares,
In purity of manhood stand upright
And say this man's a flatterer? If one be,
So are they all : for every rise of fortune
Is smooth'd by that below. The learned pate
Ducks to the golden fool. All's oblique :
There's nothing level in our cursed natures

ACTE IV, scène 3

Ô toi soleil nourricier et béni, extrais de la terre
Son humidité pourrissante ; et sous l'orbe de ta sœur
Infecte l'air. Deux jumeaux de la même matrice
Dont les procréation, gestation et naissance
Vont quasiment de pair, accorde-leur des sorts diffé-
    rents,
Le plus grand dédaignant le petit. La nature
(Réceptacle de toutes douleurs) ne peut supporter
   une grande fortune
Qu'au mépris de la nature.
Élevez-moi ce gueux, et toisez ce seigneur,
Aux sénateurs de supporter un dédain héréditaire,
Au gueux la dignité qui lui est naturelle.
C'est la pâture qui profite aux flancs d'untel,
Et son absence qui le rend maigre. Qui oserait donc
Se dresser au nom de la stricte humanité
Pour dire de cet homme qu'il flatte ? S'il le fait,
Tous le font : car chacun des degrés de fortune
Est caressé par celui d'en dessous. La tête bien pleine
S'incline devant le sot riche en or. Tout est biaisé :
Rien ne va droit dans nos satanées natures

But direct villainy. Therefore be abhorr'd
All feasts, societies, and throngs of men.
His semblable, yea, himself, Timon disdains,
Destruction fang mankind! Earth, yield me roots:

Digging.

Who seeks for better of thee, sauce his palate
With thy most operant poison. What is there?
Gold? Yellow, glittering, precious gold?
No, gods, I am no idle votarist.
Roots, you clear heavens! Thus much of this will make
Black, white; foul, fair; wrong, right;
Base, noble; old, young; coward, valiant.
Ha, you gods! Why this? What, this, you gods? Why,
     this
Will lug your priests and servants from your sides,
Pluck stout men's pillows from below their heads.
This yellow slave
Will knit and break religions, bless the accurs'd,
Make the hoar leprosy ador'd, place thieves,
And give them title, knee, and approbation
With senators on the bench. This is it
That makes the wappen'd widow wed again;
She, whom the spital-house and ulcerous sores
Would cast the gorge at, this embalms and spices
To th'April day again. Come, damned earth,

Sinon la franche scélératesse. Que soient donc abhorrés
Toutes les fêtes, associations, rassemblements de gens.
Son semblable, Timon le méprise autant que lui-même.
Que soit anéanti le genre humain ! Terre, offre-moi des racines :

Creusant.

Et si quelqu'un attend davantage de toi, fais goûter à son palais
Ton poison le plus opérant. Qu'y a-t-il là ?
De l'or ? De l'or jaune, brillant, précieux ?
Non, dieux, je n'ai pas fait de vœu en l'air.
Des racines, toi, ciel pur ! Un tout petit peu de cet or,
Et le noir devient blanc, le laid beau, l'injuste juste,
L'infâme noble, le vieux rajeunit, le couard prend courage.
Ah ! dieux ! Pourquoi ceci ? Qu'est-ce que ceci ? De quoi
Détourner de vous, dieux, prêtres et servants,
Arracher l'oreiller de dessous les têtes d'égrotants.
Ce jaune esclave
Va emmêler et démolir les religions, bénir les maudits,
Faire adorer la hideuse lèpre, laisser place aux voleurs
En leur accordant titres, génuflexions et approbation
Du banc des sénateurs. C'est lui
Qui fait se remarier la veuve décatie,
Elle que vomirait un hôpital plein d'ulcéreux,
Il l'embaume et lui rend le piquant
D'un jour d'avril nouveau. Viens, terre damnée,

Thou common whore of mankind, that puts odds
Among the rout of nations, I will make thee
Do thy right nature.

Toi la putain commune à tout le genre humain, qui
    sèmes le désordre
Dans le troupeau des nations, je vais te rendre
À ta véritable nature.

Traduction Claude Mourthé

THE WINTER'S TALE

LE CONTE D'HIVER

(1610)

De cette comédie débridée, reprise en 1920 par Jacques Copeau et sa troupe du Vieux-Colombier après sa tournée américaine, le manuscrit a été longtemps égaré. Ainsi peuvent s'égarer lecteur ou spectateur à suivre une intrigue tortueuse et ses multiples rebondissements.

Comme dans *Othello* ou dans *Le Songe*, le principal ressort de cette intrigue est la jalousie, et ce ne serait qu'un conte de bonne femme à dire au coin de l'âtre, ou même un mélodrame petit-bourgeois, s'il ne se passait à la cour de Sicile.

Léontès se croit trompé par Hermione, pourtant irréprochable. Il cherche à faire empoisonner son rival, Polixène, jette sa femme en prison, et l'enfant qu'elle portait, heureusement sauvé de la mort qui lui était promise, est déposé sur un rivage lointain, où il est recueilli par un berger. C'est Perdita, que nous retrouvons au cours d'une délicieuse pastorale, seize ans plus tard, l'un des caractères de jeune fille les plus admirables de Shakespeare.

Perdita se lance avec Polixène, qu'elle ne connaît pas, dans une courtoise controverse écologique, ce qui nous rappelle au passage les origines profondément terriennes du jeune homme de Stratford. Florizel est le soupirant déguisé de Perdita, Camillo un accompagnateur de Polixène.

ACT IV, scene 4

PERDITA

         Reverend sirs,
For you there's rosemary and rue; these keep
Seeming and savour all the winter long :
Grace and remembrance be to you both,
And welcome to our shearing!

POLYXENES

             Shepherdess, —
A fair one are you, — well you fit our ages
With flowers of winter.

PERDITA

          Sir, the year growing ancient, —
Not yet on summer's death, nor on the birth
Of trembling winter, — the fair'st flowers o' the season
Are our carnations, and streak'd gillyvors,
Which some call nature's bastards : of that kind
Our rustic garden's barren; and I care not
To get slips of them.

ACTE IV, scène 4

PERDITA

                Dignes messieurs,
Voici du romarin et de la rue, qui gardent
Tout au long de l'hiver l'éclat et le parfum.
Avec vous soient la grâce et le souvenir,
Et soyez bienvenus à la tondaison !

POLIXÈNE

                Bergère,
Belle bergère que vous êtes, vous faites bien
D'apparier à notre âge ces fleurs d'hiver.

PERDITA

Maintenant que l'année vieillit, messire,
Et avant que l'été ne meure, et que ne renaisse
Le frissonnant hiver, les plus charmantes fleurs
De la saison, c'est l'œillet, c'est la rose d'Inde
Qu'on dit parfois les bâtards de nature.
Mais notre humble jardin n'en offre pas
Et je n'en veux pas de boutures.

POLYXENES

         Wherefore, gentle maiden,
Do you neglect them?

PERDITA

         For I have heard it said,
There is an art which, in their piedness, shares
With great creating nature.

POLYXENES

         Say there be;
Yet nature is made better by no mean,
But nature makes that mean : so, o'ver that art
Which you say adds to nature, is an art
That nature makes. You see, sweet maid, we marry
A gentle scion to the wildest stock,
And make conceive a bark of baser kind
By bud of nobler race : this is an art
Which does mend nature, — change it rather; but
The art itself is nature.

PERDITA

So it is.

POLYXENES

Then make your garden rich in gillyvors,
And do not call them bastards.

PERDITA

         I'll not put
The dibble in earth to set one slip of them;

POLIXÈNE

Et pourquoi les dédaignez-vous, gracieuse fille ?

PERDITA

                              Parce que j'ai ouï dire
Qu'il est un art qui, pour les diaprer,
Ajoute à la grande nature créatrice.

POLIXÈNE

Et quand cela serait ! Puisque la nature
Ne serait amendée que par des moyens
Qu'elle-même a produits ! Il y a dans cet art
Qui ajoute, comme vous dites, à la nature,
L'art secret de cette nature. Aimable enfant,
Nous marions, voyez-vous, une greffe plus noble
À un tronc plus sauvage, nous fécondons
D'un bourgeon plus racé une écorce plus rude
Et c'est bien là un art, et qui va corriger,
Ou modifier, plutôt, la nature ; mais l'art
Est lui-même nature.

PERDITA

C'est vrai.

POLIXÈNE

Agrémentez d'œillets votre jardin
Sans les traiter de bâtards.

PERDITA

Je ne mettrai le plantoir en terre
Pour une seule de leurs boutures !

No more than, were I painted, I would wish
This youth should say, 'twere well, and only therefore
Desire to breed by me. — Here's flowers for you;
Hot lavender, mints, savory, marjoram;
The marigold, that goes to bed wi' the sun,
And with him rises weeping : these are flowers
Of middle summer, and, I think, they're given
To men of middle age. You're very welcome.

CAMILLO

I should leave grazing, were I of your flock,
And only live by gazing.

PERDITA

Out, alas!
You'd be so lean, that blasts of January
Would blow you through and through? — Now, my
  fair'st friend,
I would have some flowers o' the spring that might
Become your time of day; — and yours, and yours,
That wear upon your virgin branches yet
Your maidenheads growing.

Pas plus que je voudrais, fussé-je fardée,
Que ce jeune homme m'en admirât, et pour rien
   d'autre
Éprouvât le désir de me rendre mère... Voici vos
   fleurs.
L'âcre lavande, la menthe et la sarriette, la marjo-
   laine,
Le souci qui se couche avec le soleil
Et se lève avec lui, en pleurant... Ce sont là les fleurs
Du milieu de l'été, et je crois qu'on les donne
Aux hommes d'âge mûr. Vous êtes les bienvenus.

CAMILLO

Si j'étais de votre troupeau, je cesserais vite
De paître, et je vivrais de vous regarder.

PERDITA

                  Hélas !
Vous seriez vite si maigre que les bourrasques
De janvier vous transperceraient, de part en part.
(À Florizel) Oh, mon si bel ami, je voudrais avoir
De ces fleurs du printemps, qui peuvent dire
Votre jeune saison... *(à nopsa et ses amies bergères)* Et la
   vôtre, et la vôtre,
Vous qui portez toujours, sur vos branches pures,
Votre virginité en fleur...

Traduction Yves Bonnefoy

Mais l'un des personnages les plus étonnants de cette fantaisie
champêtre, c'est un gredin du nom d'Autolycus, voleur à la tire,
qui va et vient dans la seconde partie de la pièce sans autre but

ACT IV, scene 4

AUTOLYCUS

Ha, ha! what a fool Honesty is! and Trust, his sworn
brother, a very simple gentleman! I have sold all my
trumpery; not a counterfeit stone, not a riband, glass,
pomander, brooch, table-book, ballad, knife, tape,
glove, shoetie, bracelet, horn-ring, to keep my pack
from fasting: they throng who should buy first, as if my
trinklets had been hallowed, and brought a benediction
to the buyer: but which means I saw whose purse was
best in picture; and what I saw, to my good use I
remembered. My clown — who wants but something
to be a reasonable man — grew so in love with the
wenches' song,

apparent que de faire part de ses commentaires et de distraire un moment le public. Détail historique, dans la mise en scène de Jacques Copeau, le rôle était interprété par... Louis Jouvet.

Ce hors-la-loi cynique mais plein d'humour, dont l'entrée, tard dans le cours des événements, fait penser à celle de Papageno dans *La Flûte enchantée*, sauf que ce dernier ne coupait pas les bourses, montre à la fois un type d'individu qui devait être courant à l'époque élisabéthaine, et l'affection que peut lui porter un auteur en se complaisant à le décrire, à le faire parler et chanter. Et comme souvent chez Shakespeare, ce personnage, comique, s'exprime non plus en vers, mais en prose.

ACTE IV, scène 4

AUTOLYCUS

Ha, ha! quelle dinde que l'Honnêteté! Et Confiance, son suppôt avoué, est un fort benêt gentleman! J'ai bazardé toute ma camelote : plus un joyau en simili, plus un ruban, un miroir, une pomme de senteur, broche, calepin, ballade, canif, galon, gant, bouclette de soulier, bracelet, bague de corne, c'est l'inanition complète de mon petit commerce. Ils se bousculaient en foule à qui achèterait le premier, comme si mes petits machins avaient été bénis, et qu'ils valaient à tout chaland des indulgences : excellent procédé pour voir ceux dont la bourse se présentait le mieux; et ce que j'avais observé, je me le fixais en mémoire à bon usage. Mon compère, à qui il manque quelque chose pour être un homme sensé, s'est à ce point toqué de la chanson des filles,

that he would not stir his pettitoes till he had both tune
and words; which so drew the rest of the herd to me,
that all their other senses stuck in ears : you might have
pinched a placket, — it was senseless; 'twas nothing to
geld a coldpiece of a purse, — I would have filet keys
off that hung in chains : no hearing, no feeling, but my
sir's song, and admiring the nothing of it. So that, in
this time of lethargy, I picked and cut most of their festival purses; and had not the old man come in with a
whoobub against his daughter and the king's son, and
scared my choughs from the chaff, I had not left a
purse alive in the whole army.

qu'il ne voulait plus se tirer des pattes, avant de savoir l'air et les paroles; c'est ce qui a fait se presser autour de moi le reste du troupeau, au point que tous leurs autres sens étaient figés dans leurs oreilles; on aurait pu leur pincer la fesse, ils n'auraient rien senti: on aurait comme un rien châtré une braguette de leur aumônière; j'aurais pu délivrer à la lime des clés pendues à leur chaîne; point d'ouïe ni de tact, plus rien que la chanson de mon monsieur et l'admiration de ce rien. En sorte que, durant cette période de léthargie, je soulevai et coupai bon nombre de leurs bourses du dimanche; et si le vieux n'était pas arrivé menant tintamarre contre sa fille et le fils du roi, et s'il n'avait effarouché et mis en fuite mes corneilles loin de l'avoine qui les appâtait, je n'aurais point laissé bourse en vie de par toute l'armée.

Traduction Suzanne Bing et Jacques Copeau

THE TEMPEST

LA TEMPÊTE

(1611)

Dernière œuvre écrite et jouée de Shakespeare, à Blackfriars d'abord, puis devant la Cour, en 1613, pour le mariage de la princesse Elizabeth, elle est souvent considérée comme son testament littéraire. L'histoire en est simple et, pour une fois, sa durée n'excède pas celle de la représentation.

Prospéro, chassé de son duché de Milan, s'est réfugié sur une île déserte en compagnie de sa fille Miranda, d'un elfe, Ariel, qui lui tient lieu de serviteur, et d'un monstre, Caliban, fils d'une sorcière. Doté de pouvoirs magiques, Prospéro déclenche avec l'aide d'Ariel une tempête imaginaire, qui jette néanmoins au rivage ceux qui lui ont fait du tort: Antonio, son propre frère, qui l'a dépossédé, ainsi que ceux qui l'accompagnent, Alonso, roi de Naples, son frère Sébastien et son fils Ferdinand, dont Miranda, qui n'a jamais vu d'autres créatures humaines que celles qui l'entourent, si on peut nommer ainsi l'elfe Ariel, et surtout Caliban, le monstre, va inévitablement tomber amoureuse.

Cependant, à l'intention des faux naufragés, dont il s'amuse, et toujours grâce à ses pouvoirs, Prospéro organise une fête quasi surnaturelle où entrent en jeu des nymphes, des fées et des personnages mythologiques, ce que l'on appelait «masques» dans le théâtre élisabéthain. Et à l'issue de cette fête, comme il est temps de rompre le charme, voici le discours qu'il prononce et qui contient l'une des répliques les plus célèbres de tout le théâtre shakespearien.

ACT IV, scene 1

PROSPERO

Our revels now are ended. These our actors,
As I foretold you, were all spirits, and
Are melted into air, into thin air :
And, like the baseless fabric of this vision,
The cloud-capp'd towers, the gorgeous palaces,
The solemn temples, the great globe itself,
Yea, all which it inherit, shall dissolve,
And, like this insubstantial pageant faded,
Leave not a wreck behind. We are such stuff
As dreams are made on; and our little life
Is rounded with a sleep.

ACTE IV, scène 1

PROSPÉRO

Ce n'étaient là que jeux : les voilà terminés... Ces
   acteurs nôtres,
Je vous en ai prévenus, étaient tous des esprits, et
Sont fondus dans l'air, dans la légèreté de l'air,
Et, telle la fabrique sans fondement de cette vision,
Les tours coiffées de nuages, les splendides palais,
Les temples solennels, le vaste globe lui-même,
Oui, tels ceux qui en sont les hoirs, vont se dissoudre,
Et, ainsi que cette parade immatérielle évanouis,
Ne laisseront pas un vestige... Nous sommes de l'étoffe
Dont les rêves se font, et notre petite vie
Est entourée d'un sommeil...

Traduction André du Bouchet

Au dernier acte, car il y a toujours un dernier acte, il est temps
aussi pour Prospéro, maintenant qu'il s'estime suffisamment
vengé, de renoncer à ses pouvoirs, acquis au prix de « secrètes
études », mais dont il n'a dévoilé à personne, pas même à sa fille,
la mystérieuse origine. Avant de rendre, comme promis, sa liberté
à Ariel et de donner à Miranda l'autorisation d'épouser Ferdinand.
La Tempête est l'ultime message que nous livre Shakespeare.

LES TRADUCTEURS

JEAN-PIERRE RICHARD. Normalien et agrégé de lettres, il enseigne la traduction littéraire à l'université de Paris VII, et a lui-même signé la traduction de plusieurs auteurs anglophones récemment créés en France. Il est membre de la Maison Antoine-Vitez (Centre international de traduction théâtrale).

JEAN-MICHEL DÉPRATS. Normalien, maître de conférences à l'université de Paris IX-Nanterre. S'est vu confier la nouvelle édition des *Œuvres complètes* de Shakespeare dans la Pléiade. Traduction de plus de trente pièces fréquemment jouées et mises en scène, de Matthias Langhoff à Peter Zadek en passant par Yannis Kokkos, Jacques Lassalle, Georges Lavaudant, Jean-Pierre Vincent.

CLAUDE MOURTHÉ. Auteur d'une douzaine de romans, dont cinq chez Gallimard, et de plusieurs ouvrages de poésie (prix Apollinaire 1999). A adapté pour le théâtre *Beaucoup de bruit pour rien* et *Les Joyeuses Commères de Windsor,* et pour France Culture *Macbeth, Hamlet, Le Roi Lear* et *Jules César.* Auteur également d'un *Shakespeare* pour Folio biographies.

PIERRE-JEAN JOUVE (1887-1976). Poète et romancier qu'un seul titre a suffi à rendre célèbre : *Paulina 1880* (1925), mais qui a également produit une traduction des *Sonnets* faisant référence encore aujourd'hui (Folio poésie), de même que son adaptation de *Roméo et Juliette.*

GEORGES PITOËFF (1884-1939). D'origine russe, a puissamment contribué à l'authenticité du *Roméo et Juliette* adapté par le précédent et créé au Théâtre des Mathurins en 1937. Auparavant, avait produit, dans une mise en scène qui a fait date, l'un des chefs-d'œuvre du xxe siècle : *Six personnages en quête d'auteur*, de Pirandello.

GEORGES NEVEUX (1900-1982). Ami d'Artaud, Desnos, Prévert et Queneau, auteur dramatique et secrétaire général de la Comédie des Champs-Élysées. Son œuvre la plus célèbre est *Juliette ou la clé des songes*, créée au théâtre en 1930 par Falconetti, reprise ensuite au cinéma par Marcel Carné avec Gérard Philipe et Suzanne Cloutier, la Desdémone d'Orson Welles.

FRANÇOIS VICTOR HUGO (1828-1873). Le troisième des quatre enfants de l'auteur des *Misérables*. A profité de l'exil familial à Guernesey pour s'attaquer aux œuvres complètes, dans une traduction qui est loin d'être négligée aujourd'hui par nos contemporains, et qui a fourni l'essentiel de la Pléiade consacrée à Shakespeare en 1959.

JÉRÔME HANKINS. Agrégé d'anglais, traducteur et comédien, il a été président du Théâtre de l'École normale supérieure après avoir étudié la mise en scène à la Yale School of Drama, États-Unis. Assistant stagiaire d'Antoine Vitez à la Comédie-Française puis de Jacques Nichet jusqu'en 1990, spécialiste d'Edward Bond et, naturellement, de Shakespeare.

JULES SUPERVIELLE (1884-1960). Poète, romancier et dramaturge français né à Montevideo. A partagé sa vie entre France et Amérique du Sud, fréquenté Jules Laforgue et Valery Larbaud. *Le Voleur d'enfants* est universellement célèbre. Prix des critiques 1949 et Grand Prix de littérature de l'Académie française en 1955 avant d'être élu Prince des poètes en 1960, deux mois avant sa mort.

YVES BONNEFOY. Poète et essayiste, l'un des plus irrécusables traducteurs et exégètes de Shakespeare. Professeur au Collège de France jusqu'en 1993, il a donné de nombreux cours sur l'auteur de *Hamlet*, dont il a édité, au Mercure de France, ainsi qu'en Folio, de nombreuses traductions, souvent représentées sous sa signature, et les *Sonnets*. A également publié, en 1998, un essai : *Shakespeare et Yeats*, aboutissement de sa réflexion sur le Barde.

BERNARD NOËL. Son titre le plus célèbre est *Le Château de Cène*, paru en 1971, auquel nombre de lecteurs vouent un véritable culte. Prix national de poésie en 1992, il est tout à la fois romancier, essayiste, polémiste, historien et critique d'art. Sa version de *La Nuit des rois* a été créée par le Théâtre populaire de Lorraine en 1991.

JEAN-LOUIS CURTIS (1917-1995). Romancier et essayiste. Prix Goncourt 1947 pour *Les Forêts de la nuit*. Élu à l'Académie française en 1986 au fauteuil de Jean-Jacques Gautier. Était un maître du pastiche mais aussi un professeur agrégé d'anglais qui a traduit Shakespeare pour la Comédie-Française et le TNP, ainsi que pour la télévision où il a assuré les sous-titres français pour la BBC.

MAURICE MAETERLINCK (1862-1949). Écrivain belge francophone, prix Nobel de littérature en 1911. Auteur célèbre d'un *Pelléas et Mélisande*, créé en 1893 par Lugné-Poe et mis ensuite en musique par Debussy. Son *Oiseau bleu* a été joué au Théâtre d'Art de Moscou en 1908. A également écrit *L'Intelligence des fleurs*, *La Vie des abeilles*, *La Vie des termites*, *La Vie des fourmis*.

ANDRÉ GIDE (1869-1951). Célèbre par des ouvrages qui ont acquis une renommée universelle, des *Cahiers d'André Walter* et des *Nourritures terrestres* jusqu'aux *Faux-Monnayeurs* et aux *Caves du Vatican*, ainsi que son *Journal*. Cofondateur de la NRF et dénommé à juste titre « le contemporain capital ». A traduit *Hamlet* à la demande de Jean-Louis Barrault, à qui il avait également donné sa version d'*Antoine et Cléopâtre*, parue en 1925 dans la Blanche de Gallimard.

JACQUES COPEAU (1879-1949). Est surtout connu comme metteur en scène et directeur du Théâtre du Vieux-Colombier avec Charles Dullin, Louis Jouvet, Jean Schlumberger, puis de la troupe des Copiaux, pour finir administrateur de la Comédie-Française en 1940-1941. Mais il fut également, en 1909, l'un des fondateurs de la NRF en compagnie d'André Gide et Gaston Gallimard.

SUZANNE BING (1885-1967). Autre membre fondateur du Vieux-Colombier et collaboratrice de Copeau, avec lequel elle a traduit plusieurs comédies de Shakespeare dont *La*

Nuit des rois et *Le Conte d'hiver*, le grand succès qui a lancé le Théâtre du Vieux-Colombier en 1913. Sa traduction des *Tragédies*, toujours avec Copeau, a paru en 1939.

ANDRÉ DU BOUCHET (1924-2001). Poète français ayant fait ses études à l'université de Harvard. Professeur d'anglais, il a traduit Faulkner, Joyce *(Finnegans Wake)* et Shakespeare. Son œuvre poétique, exigeante, a été éditée par Fata Morgana, Guy Lévis Mano, Gallimard et le Mercure de France.

Préface de Claude Mourthé   **7**

Titus Andronicus / Titus Andronicus   **19**
   Acte V, scène 2   **21**

Richard the Third / Richard III   **25**
   Acte I, scène 1   **27**
   Acte I, scène 2   **31**
   Acte V, scène 3   **41**

The Taming of the Shrew / La Mégère apprivoisée   **47**
   Acte V, scène 2   **49**

Love's Labour's Lost / Peines d'amour perdues   **53**
   Acte IV, scène 3   **55**

Romeo and Juliet / Roméo et Juliette   **61**
   Acte I, scène 4   **63**
   Acte III, scène 2   **67**
   Acte III, scène 5   **71**

Richard II / Richard II   **77**
   Acte V, scène 5   **79**

A Midsummer - Night's Dream / Le Songe d'une
  nuit d'été   83

  Acte III, scène 2   85
  Acte IV, scène 1   87

The Merchant of Venice / Le Marchand de Venise   95

  Acte III, scène 1   97
  Acte IV, scène 1   99

Much Ado about Nothing / Beaucoup de bruit
  pour rien   103

  Acte II, scène 3   105

Henry the Fifth / Henry V   109

  Prologue   111

The Tragedy of Julius Caesar / Jules César   115

  Acte III, scène 1   117
  Acte III, scène 2   119

As You Like it / Comme il vous plaira   123

  Acte II, scène 7   125

Hamlet / Hamlet   129

  Acte III, scène 1   131
  Acte III, scène 2   139
  Acte V, scène 1   143

The Merry Wives of Windsor / Les Joyeuses Commères de Windsor   147

  Acte V, scène 5   149

Twelfth Night, or What You Will / La Nuit des rois 151

  Acte II, scène 5   153
  Acte V, scène 1   157

Table 257

Othello / Othello 161
  Acte I, scène 3 163
  Acte V, scène 2 167

The Tragedy of King Lear / Le Roi Lear 173
  Acte I, scène 1 175
  Acte III, scène 2 181
  Acte IV, scène 6 185

Macbeth / Macbeth 191
  Acte I, scène 5 193
  Acte I, scène 7 197
  Acte V, scène 1 199
  Acte V, scène 5 209

The Tragedy of Anthony and Cleopatra / Antoine et
  Cléopâtre 213
  Acte V, scène 2 215

The Tragedy of Coriolanus / Coriolan 221
  Acte I, scène 1 223

The Life of Timon of Athens / Timon d'Athènes 227
  Acte IV, scène 3 229

The Winter's Tale / Le Conte d'hiver 235
  Acte IV, scène 4 237

The Tempest / La Tempête 247
  Acte IV, scène 1 249

Les traducteurs 251

DU MÊME AUTEUR

Dans la collection Folio

HAMLET — LE ROI LEAR. *Traduction d'Yves Bonnefoy*
(n° 1069)

ROMÉO ET JULIETTE. *Traduction d'Yves Bonnefoy* (n° 3515)

ROMÉO ET JULIETTE — MACBETH. *Traduction d'Yves
Bonnefoy* (n° 1676)

Dans la collection Folio Théâtre

ANTOINE ET CLÉOPÂTRE. *Traduction d'Yves Bonnefoy*
(n° 61)

LE CONTE D'HIVER. *Traduction d'Yves Bonnefoy* (n° 33)

HAMLET. *Traduction de Jean-Michel Déprats* (n° 86)

HENRY V. *Traduction de Jean-Michel Déprats* (n° 59)

JULES CÉSAR. *Traduction d'Yves Bonnefoy* (n° 19)

OTHELLO. *Traduction d'Yves Bonnefoy* (n° 70)

RICHARD II. *Traduction de Jean-Michel Déprats* (n° 44)

LE ROI LEAR. *Traduction de Jean-Michel Déprats* (n° 8)

LE SONGE D'UNE NUIT D'ÉTÉ. *Traduction de Jean-Michel
Déprats* (n° 81)

LA TEMPÊTE. *Traduction d'Yves Bonnefoy* (n° 43)

TOUT EST BIEN QUI FINIT BIEN. *Traduction de Jean-
Michel Déprats et Jean-Pierre Vincent* (n° 27)

DANS LA MÊME COLLECTION

ANGLAIS

BARNES *Letters from London* / Lettres de Londres

CAPOTE *One Christmas / The Thanksgiving visitor* / Un Noël / L'invité d'un jour

CAPOTE *Breakfast at Tiffany's* / Petit déjeuner chez Tiffany

CAPOTE *Music for Chameleons* / Musique pour caméléons

Collectif (Martin Amis, Graham Swift, Ian McEwan) *Contemporary English Stories* / Nouvelles anglaises contemporaines

CONAN DOYLE *Silver Blaze and other adventures of Sherlock Holmes* / Étoile d'argent et autres aventures de Sherlock Holmes

CONAN DOYLE *The Man with the Twisted Lip and other adventures of Sherlock Holmes* / L'homme à la lèvre tordue et autres aventures de Sherlock Holmes

CONRAD *Gaspar Ruiz* / Gaspar Ruiz

CONRAD *Heart of Darkness* / Au cœur des ténèbres

CONRAD *The Duel / A Military Tale* / Le duel / Un récit militaire

CONRAD *The Secret Sharer* / Le Compagnon secret

CONRAD *Typhoon* / Typhon

CONRAD *Youth* / Jeunesse

DAHL *The Great Switcheroo / The Last Act* / La grande entourloupe / Le dernier acte

DAHL *The Princess and the Poacher / Princess Mammalia* / La Princesse et le braconnier / La Princesse Mammalia

DAHL *The Umbrella Man and other stories* / L'homme au parapluie et autres nouvelles

DICKENS *A Christmas Carol* / Un chant de Noël

DICKENS *The Cricket on the Hearth* / Le grillon du foyer

FAULKNER *A Rose for Emily / That Evening Sun / Dry September* / Une rose pour Emily / Soleil couchant / Septembre ardent

FAULKNER *As I lay dying* / Tandis que j'agonise

FAULKNER *The Wishing Tree* / L'Arbre aux Souhaits

FITZGERALD, MILLER, CHARYN *New York Stories* / Nouvelles new-yorkaises

HARDY *Two Stories from Wessex Tales* / Deux contes du Wessex

HEMINGWAY *Fifty Grand and other short stories* / Cinquante mille dollars et autres nouvelles

HEMINGWAY *The Snows of Kilimanjaro and other short stories* / Les neiges du Kilimandjaro et autres nouvelles

HEMINGWAY *The Old Man and the Sea* / Le vieil homme et la mer

HIGGINS *Harold and Maude* / Harold et Maude

JAMES *Daisy Miller* / Daisy Miller

JAMES *The Birthplace* / La Maison natale

JOYCE *A Painful Case / The Dead* / Un cas douloureux / Les morts

KEROUAC *Lonesome Traveler* / Le vagabond solitaire (choix)

KEROUAC *Satori in Paris* / Satori à Paris

KIPLING *Stalky and Co.* / Stalky et Cie

KIPLING *Wee Willie Winkie* / Wee Willie Winkie

LAWRENCE *Daughters of the Vicar* / Les filles du pasteur

LAWRENCE *The Virgin and the Gipsy* / La vierge et le gitan

LONDON *The Call of the Wild* / L'appel de la forêt

LONDON *The Son of the Wolf* / Le Fils du Loup

LOVECRAFT *The Dunwich Horror* / L'horreur de Dunwich

MANSFIELS *The Garden Party and other stories* / La garden-party et autres nouvelles

MELVILLE *Benito Cereno* / Benito Cereno

MELVILLE *Bartleby the Scrivener* / Bartleby le scribe

ORWELL *Animal Farm* / La ferme des animaux

POE *Mystification and other tales* / Mystification et autres contes

POE *The Murders in the Rue Morgue and other tales* / Double assassinat dans la rue Morgue et autres histoires

RENDELL *The Strawberry Tree* / L'Arbousier

SCOTT FITZGERALD *The Crack-Up and other short stories* / La fêlure et autres nouvelles

STEINBECK *The Pearl* / La perle

STEINBECK *The Red Pony* / Le poney rouge

STEVENSON *The Rajah's Diamond* / Le diamant du rajah

STEVENSON *The strange case of Dr Jekyll and Mr Hyde* / L'étrange cas du Dr Jekyll et M. Hyde

STYRON *Darkness Visible / A Memoir of Madness* / Face aux ténèbres / Chronique d'une folie

SWIFT *A voyage to Lilliput* / Voyage à Lilliput

TWAIN *Is he living or is he dead ? And other short stories* / Est-il vivant ou est-il mort ? / Et autres nouvelles

UHLMAN *Reunion* / L'ami retrouvé

WELLS *The Country of the Blind and other tales of anticipation* / Le Pays des Aveugles et autres récits d'anticipation

WELLS *The Time Machine* / La Machine à explorer le temps

WILDE *A House of Pomegranates* / Une maison de grenades
WILDE *The Portrait of Mr. W. H.* / Le portrait de Mr. W. H.
WILDE *Lord Arthur Savile's crime* / Le crime de Lord Arthur Savile
WILDE *The Canterville Ghost and other short fictions* / Le Fantôme des Canterville et autres contes

ALLEMAND

BERNHARD *Der Stimmenimitator* / L'imitateur
BÖLL *Der Zug war pünktlich* / Le train était à l'heure
BÜRGER *Wunderbare Reisen des Freiherrn von Münchhausen* / Les merveilleux voyages du baron de Münchhausen
CHAMISSO *Peter Schlemihls wundersame Geschichte* / L'étrange histoire de Peter Schlemihl
EICHENDORFF *Aus dem Leben eines Taugenichts* / Scènes de la vie d'un propre à rien
FREUD *Selbstdarstellung* / Sigmund Freud présenté par lui-même
FREUD *Die Frage der Laienanalyse* / La question de l'analyse profane
FREUD *Das Unheimliche und andere Texte* / L'inquiétante étrangeté et autres textes
FREUD *Eine Kindheitserinnerung des Leonardo da Vinci* / Un souvenir d'enfance de Léonard de Vinci
GOETHE *Die Leiden des jungen Werther* / Les souffrances du jeune Werther
GOETHE *Faust* / Faust
GRIMM *Märchen* / Contes
GRIMM *Das blaue Licht und andere Märchen* / La lumière bleue et autres contes
HANDKE *Die Lehre der Sainte-Victoire* / La leçon de la Sainte-Victoire
HANDKE *Kindergeschichte* / Histoire d'enfant
HANDKE *Lucie im Wald mit den Dingsdda* / Lucie dans la forêt avec les trucs-machins
HOFFMANN *Der Sandmann* / Le marchand de sable
HOFMANNSTHAL *Andreas* / Andréas
KAFKA *Die Verwandlung* / La métamorphose
KAFKA *Brief an den Vater* / Lettre au père
KAFKA *Ein Landarzt und andere Erzählungen* / Un médecin de campagne et autres récits
KAFKA *Beschreibung eines Kampfes* / *Forschungen eines Hundes* / Les recherches d'un chien / Description d'un combat

KLEIST *Die Marquise von O... / Der Zweikampf* / La marquise d'O... / Le duel
KLEIST *Die Verlobung in St. Domingo / Der Findling* / Fiançailles à Saint-Domingue / L'enfant trouvé
MANN *Tonio Kröger* / Tonio Kröger
MORIKE *Mozart auf der Reise nach Prag* / Un voyage de Mozart à Prague
RILKE *Geschichten vom lieben Gott* / Histoires du Bon Dieu
RILKE *Zwei Prager Geschichten* / Deux histoires pragoises
SCHLINK *Der Andere* / L'autre
WALSER *Der Spaziergang* / La promenade

RUSSE

BABEL *Одесскне рассказы* / Contes d'Odessa
BOULGAKOV *Роковые яица* / Les Œufs du Destin
DOSTOÏEVSKI *Записки из подполья* / Carnets du sous-sol
DOSTOÏEVSKI *Кроткая / Сон смешного человека* / Douce / Le songe d'un homme ridicule
GOGOL *Записки сумасшедшего / Нос / Шинель* / Le journal d'un fou / Le nez / Le manteau
GOGOL *Портрет* / Le portrait
LERMONTOV *Герой нашего времени* / Un héros de notre temps
OULITSKAÏA *Сонечка* / Sonietchka
POUCHKINE *Пиковая дама* / La Dame de pique
POUCHKINE *Дубровского* / Doubrovsky
TCHÉKHOV *Дама с собачкой / Архиерей / Невеста* / La dame au petit chien / L'évêque / La fiancée
TCHÉKHOV *Палата N° 6* / Salle 6
TOLSTOÏ *Дьявол* / Le Diable
TOLSTOÏ *Смерть Ивана Ильича* / La Mort d'Ivan Ilitch
TOLSTOÏ *Крейцерова соната* / La sonate à Kreutzer
TOURGUÉNIEV *Первая любовь* / Premier amour
TOURGUÉNIEV *Часы* / La montre
TYNIANOV *Подпоручик Киже* / Le lieutenant Kijé

ITALIEN

BARICCO *Novecento. Un monologo* / Novecento : pianiste. Un monologue

CALVINO *Fiabe italiane* / Contes italiens

D'ANNUNZIO *Il Traghettatore ed altre novelle della Pescara* / Le passeur et autres nouvelles de la Pescara

DANTE *Divina Commedia* / Divine Comédie (extraits)

DANTE *Vita Nuova* / Vie nouvelle

GOLDONI *La Locandiera* / La Locandiera

GOLDONI *La Bottega del caffè* / Le Café

MACHIAVEL *Il Principe* / Le Prince

MALAPARTE *Il Sole è cieco* / Le Soleil est aveugle

MORANTE *Lo scialle andaluso ed altre novelle* / Le châle andalou et autres nouvelles

MORAVIA *L'amore conjugale* / L'amour conjugal

PASOLINI *Racconti romani* / Nouvelles romaines

PAVESE *La bella estate* / Le bel été

PAVESE *La spiaggia* / La plage

PIRANDELLO *Novelle per un anno (scelta)* / Nouvelles pour une année (choix)

PIRANDELLO *Novelle per un anno II (scelta)* / Nouvelles pour une année II (choix)

PIRANDELLO *Sei personaggi in cerca d'autore* / Six personnages en quête d'auteur

SCIASCIA *Il contesto* / Le contexte

SVEVO *Corto viaggio sentimentale* / Court voyage sentimental

VASARI/CELLINI *Vite di artisti* / Vies d'artistes

VERGA *Cavalleria rusticana ed altre novelle* / Cavalleria rusticana et autres nouvelles

ESPAGNOL

ASTURIAS *Leyendas de Guatemala* / Legéndes du Guatemala

BORGES *El libro de arena* / Le livre de sable

BORGES *Ficciones* / Fictions

CALDERÓN DE LA BARCA *La vida es sueño* / La vie est un songe

CARPENTIER *Concierto barroco* / Concert baroque

CARPENTIER *Guerra del tiempo* / Guerre du temps

CERVANTES *Novelas ejemplares (selección)* / Nouvelles exemplaires (choix)

CERVANTES *El amante liberal* / L'amant généreux

CERVANTES *El celoso extremeño / Las dos doncellas* / Le Jaloux d'Estré-
madure / Les Deux Jeunes Filles

CORTÁZAR *Las armas secretas* / Les armes secrètes

CORTÁZAR *Queremos tanto a Glenda (selección)* / Nous l'aimions tant,
Glenda (choix)

FUENTES *Las dos orillas* / Les deux rives

FUENTES *Los huos del conquistador* / Les fils du conquistador

UNAMUNO *Cuentos (selección)* / Contes (choix)

VARGAS LLOSA *Los cachorros* / Les chiots.

PORTUGAIS

EÇA DE QUEIROZ *Singularidades de uma rapariga loira* / Une singu-
lière jeune fille blonde

MACHADO DE ASSIS *O alienista* / L'aliéniste

COLLECTION FOLIO

Dernières parutions

4427. Isabelle Jarry — *J'ai nom sans bruit.*
4428. Guillaume Apollinaire — *Lettres à Madeleine.*
4429. Frédéric Beigbeder — *L'Égoïste romantique.*
4430. Patrick Chamoiseau — *À bout d'enfance.*
4431. Colette Fellous — *Aujourd'hui.*
4432. Jens Christian Grøndhal — *Virginia.*
4433. Angela Huth — *De toutes les couleurs.*
4434. Cees Nooteboom — *Philippe et les autres.*
4435. Cees Nooteboom — *Rituels.*
4436. Zoé Valdés — *Louves de mer.*
4437. Stephen Vizinczey — *Vérités et mensonges en littérature.*
4438. Martin Winckler — *Les Trois Médecins.*
4439. Françoise Chandernagor — *L'allée du Roi.*
4440. Karen Blixen — *La ferme africaine.*
4441. Honoré de Balzac — *Les dangers de l'inconduite.*
4442. Collectif — *1,2,3... bonheur!*
4443. James Crumley — *Tout le monde peut écrire une chanson triste et autres nouvelles.*
4444. Niwa Fumio — *L'âge des méchancetés.*
4445. William Golding — *L'envoyé extraordinaire.*
4446. Pierre Loti — *Les trois dames de la Kasbah suivi de Suleïma.*
4447. Marc Aurèle — *Pensées (Livres I-VI).*
4448. Jean Rhys — *À septembre, Petronella suivi de Qu'ils appellent ça du jazz.*
4449. Gertrude Stein — *La brave Anna.*
4450. Voltaire — *Le monde comme il va et autres contes.*
4451. La Rochefoucauld — *Mémoires.*
4452. Chico Buarque — *Budapest.*
4453. Pietro Citati — *La pensée chatoyante.*
4454. Philippe Delerm — *Enregistrements pirates.*

4455. Philippe Fusaro   *Le colosse d'argile.*
4456. Roger Grenier   *Andrélie.*
4457. James Joyce   *Ulysse.*
4458. Milan Kundera   *Le rideau.*
4459. Henry Miller   *L'œil qui voyage.*
4460. Kate Moses   *Froidure.*
4461. Philip Roth   *Parlons travail.*
4462. Philippe Sollers   *Carnet de nuit.*
4463. Julie Wolkenstein   *L'heure anglaise.*
4464. Diderot   *Le Neveu de Rameau.*
4465. Roberto Calasso   *Ka.*
4466. Santiago H. Amigorena   *Le premier amour.*
4467. Catherine Henri   *De Marivaux et du Loft.*
4468. Christine Montalbetti   *L'origine de l'homme.*
4469. Christian Bobin   *Prisonnier au berceau.*
4470. Nina Bouraoui   *Mes mauvaises pensées.*
4471. Françoise Chandernagor   *L'enfant des Lumières.*
4472. Jonathan Coe   *La Femme de hasard.*
4473. Philippe Delerm   *Le bonheur.*
4474. Pierre Magnan   *Ma Provence d'heureuse ren-*
                                contre.
4475. Richard Millet   *Le goût des femmes laides.*
4476. Pierre Moinot   *Coup d'État.*
4477. Irène Némirovsky   *Le maître des âmes.*
4478. Pierre Péju   *Le rire de l'ogre.*
4479. Antonio Tabucchi   *Rêves de rêves.*
4480. Antonio Tabucchi   *L'ange noir.* (à paraître)
4481. Ivan Gontcharov   *Oblomov.*
4482. Régine Detambel   *Petit éloge de la peau.*
4483. Caryl Férey   *Petit éloge de l'excès.*
4484. Jean-Marie Laclavetine   *Petit éloge du temps présent.*
4485. Richard Millet   *Petit éloge d'un solitaire.*
4486. Boualem Sansal   *Petit éloge de la mémoire.*
4487. Alexandre Dumas   *Les Frères corses.* (à paraître)
4488. Vassilis Alexakis   *Je t'oublierai tous les jours.*
4489. René Belletto   *L'enfer.*
4490. Clémence Boulouque   *Chasse à courre.*
4491. Giosuè Calaciura   *Passes noires.*
4492. Raphaël Confiant   *Adèle et la pacotilleuse.*
4493. Michel Déon   *Cavalier, passe ton chemin!*
4494. Christian Garcin   *Vidas suivi de Vies volées.*

4495. Jens Christian Grøndahl *Sous un autre jour.*
4496. Régis Jauffret *Asiles de fous.*
4497. Arto Paasilinna *Un homme heureux.*
4498. Boualem Sansal *Harraga.*
4499. Quinte-Curce *Histoire d'Alexandre.*
4500. Jérôme Garcin *Cavalier seul.*
4501. Olivier Barrot *Décalage horaire.*
4502. André Bercoff *Retour au pays natal.*
4503. Arnaud/Barillé/
Cortanze/Maximin *Paris Portraits.*
4504. Alain Gerber *Balades en jazz.*
4505. David Abiker *Le musée de l'homme.*
4506. Bernard du Boucheron *Coup-de-Fouet.*
4507. Françoise Chandernagor *L'allée du Roi.*
4508. René Char *Poèmes en archipel.*
4509. Sophie Chauveau *Le rêve Botticelli.*
4510. Benoît Duteurtre *La petite fille et la cigarette.*
4511. Hédi Kaddour *Waltenberg.*
4512. Philippe Le Guillou *Le déjeuner des bords de Loire.*
4513. Michèle Lesbre *La Petite Trotteuse.*
4514. Edwy Plenel *Procès.*
4515. Pascal Quignard *Sordidissimes. Dernier
Royaume, V.*
4516. Pascal Quignard *Les Paradisiaques. Dernier
Royaume, IV.*
4517. Danièle Sallenave *La Fraga.*
4518. Renée Vivien *La Dame à la louve.*
4519. Madame Campan *Mémoires sur la vie privée de
Marie-Antoinette.*
4520. Madame de Genlis *La Femme auteur.*
4521. Elsa Triolet *Les Amants d'Avignon.*
4522. George Sand *Pauline.*
4523. François Bégaudeau *Entre les murs.*
4524. Olivier Barrot *Mon Angleterre. Précis d'An-
glopathie.*
4525. Tahar Ben Jelloun *Partir.*
4526. Olivier Frébourg *Un homme à la mer.*
4527. Franz-Olivier Giesbert *Le sieur Dieu.*
4528. Shirley Hazzard *Le Grand Incendie.*
4529. Nathalie Kuperman *J'ai renvoyé Marta.*
4530. François Nourissier *La maison Mélancolie.*

4531. Orhan Pamuk — *Neige.*
4532. Michael Pye — *L'antiquaire de Zurich.*
4533. Philippe Sollers — *Une vie divine.*
4534. Bruno Tessarech — *Villa blanche.*
4535. François Rabelais — *Gargantua.*
4536. Collectif — *Anthologie des humanistes européens de la renaissance.*
4537. Stéphane Audeguy — *La théorie des nuages.*
4538. J. G. Ballard — *Crash!*
4539. Julian Barnes — *La table citron.*
4540. Arnaud Cathrine — *Sweet home.*
4541. Jonathan Coe — *Le cercle fermé.*
4542. Frank Conroy — *Un cri dans le désert.*
4543. Karen Joy Fowler — *Le club Jane Austen.*
4544. Sylvie Germain — *Magnus.*
4545. Jean-Noël Pancrazi — *Les dollars des sables.*
4546. Jean Rolin — *Terminal Frigo.*
4547. Lydie Salvayre — *La vie commune.*
4548. Hans-Ulrich Treichel — *Le disparu.*
4549. Amaru — *La Centurie. Poèmes amoureux de l'Inde ancienne.*
4550. Collectif — *«Mon cher papa...» Des écrivains et leur père.*
4551. Joris-Karl Huysmans — *Sac au dos suivi de À vau l'eau.*
4552. Marc-Aurèle — *Pensées (Livres VII-XII).*
4553. Valery Larbaud — *Mon plus secret conseil...*
4554. Henry Miller — *Lire aux cabinets.*
4555. Alfred de Musset — *Emmeline.*
4556. Irène Némirovsky — *Ida suivi de La comédie bourgeoise.*
4557. Rainer Maria Rilke — *Au fil de la vie.*
4558. Edgar Allan Poe — *Petite discussion avec une momie et autres histoires extraordinaires.*
4559. Madame de Duras — *Ourika. Édouard. Olivier ou le Secret.*
4560. François Weyergans — *Trois jours chez ma mère.*
4561. Robert Bober — *Laissées-pour-compte.*
4562. Philippe Delerm — *La bulle de Tiepolo.*
4563. Marie Didier — *Dans la nuit de Bicêtre.*

4564. Guy Goffette — *Une enfance lingère.*
4565. Alona Kimhi — *Lily la tigresse.*
4566. Dany Laferrière — *Le goût des jeunes filles.*
4567. J.M.G. Le Clézio — *Ourania.*
4568. Marie Nimier — *Vous dansez?*
4569. Gisèle Pineau — *Fleur de Barbarie.*
4570. Nathalie Rheims — *Le Rêve de Balthus.*
4571. Joy Sorman — *Boys, boys, boys.*
4572. Philippe Videlier — *Nuit turque.*
4573. Jane Austen — *Orgueil et préjugés.*
4574. René Belletto — *Le Revenant.*
4575. Mehdi Charef — *À bras-le-cœur.*
4576. Gérard de Cortanze — *Philippe Sollers. Vérités et légendes*
4577. Leslie Kaplan — *Fever.*
4578. Tomás Eloy Martínez — *Le chanteur de tango.*
4579. Harry Mathews — *Ma vie dans la CIA.*
4580. Vassilis Alexakis — *La langue maternelle.*
4581. Vassilis Alexakis — *Paris-Athènes.*
4582. Marie Darrieussecq — *Le Pays.*
4583. Nicolas Fargues — *J'étais derrière toi.*
4584. Nick Flynn — *Encore une nuit de merde dans cette ville pourrie.*
4585. Valentine Goby — *L'antilope blanche.*
4586. Paula Jacques — *Rachel-Rose et l'officier arabe.*
4587. Pierre Magnan — *Laure du bout du monde.*
4588. Pascal Quignard — *Villa Amalia.*
4589. Jean-Marie Rouart — *Le Scandale.*
4590. Jean Rouaud — *L'imitation du bonheur.*
4591. Pascale Roze — *L'eau rouge.*
4592. François Taillandier — *Option Paradis. La grande intrigue, I.*
4593. François Taillandier — *Telling. La grande intrigue, II.*
4594. Paula Fox — *La légende d'une servante.*
4595. Alessandro Baricco — *Homère, Iliade.*
4596. Michel Embareck — *Le temps des citrons.*
4597. David Shahar — *La moustache du pape* et autres nouvelles.
4598. Mark Twain — *Un majestueux fossile littéraire* et autres nouvelles.

Composition Interligne.
Impression Bussière à Saint-Amand (Cher),
le 5 février 2008.
Dépôt légal : février 2008.
Numéro d'imprimeur : 080214/1.
ISBN 978-2-07-034608-0./Imprimé en France.

150816